尋找記憶中的故事

廖茂俊——著

謹以此書獻給我偉大的 父親

——廖特校先生

作者簡介

廖茂俊，祖籍湖南，一九五二年出生於台灣台南市。父親來自大陸湖南，母親為台南人。一九七五年文化大學東語系畢業，文化大學民族與華僑研究所獲民族學研究碩士。一九八一年負笈美國，就讀南加州大學（ＵＳＣ）東亞系研究所，第二年轉加州大學洛杉磯分校（ＵＣＬＡ）東亞語言與文化研究所，一九八五年獲第二碩士學位。洛杉磯市立學院外語與人文學系終身職教授榮退。曾任中國文化大學韓文系助教、美國加州大學爾灣分校（ＵＣＩ）中文課程創始人、Pomona學院中文教授與南加大（ＵＳＣ）馬歇爾商學院中文教授、美西華人學會會長、理事長，北美南加州華人寫作協會第十五、十六屆會長及「永久會員」，現任監事、北美洲華文作家協會總會理事、中美電影電視節資深委員。

想了解作者一定要拜讀的一本書

吳宗錦

認識二十多年的廖茂俊兄終於要出書了，在他搭機飛回台灣安排新書出版印刷事宜前夕，特再囑咐我幫他寫序。雖然在最近二個月來，因新冠病毒找上門，失智十四年的妻被夜班看護傳染了新冠肺炎，我和家人也因此都被感染，妻還因此緊急住院二十二天，就在這心力交悴之際，還是得答應寫這篇序文。

首先，茂俊兄是北美南加州華人寫作協會接我會長棒子的人，而南加作協就是一個鼓勵大家寫作、用筆寫下人生記錄、傳揚中華文化的一個文化人的社團，書寫與出書正是我一直倡導與鼓勵的，因此茂俊兄要出書找我寫序，我當然沒有拒絕的理由。

再者，與茂俊兄相識是在一九九八年的一個非常特殊的場合，那是中華民國台灣舉行第一次總統民選，我登高呼籲組織「阿港伯之友會」來支持林洋港先生競選中華民國總統，避免有日本情節與台獨傾向的李登輝繼續危害中華民國，茂俊兄是首先響應的學者教授之一，大家志同道合，都是無私的奉獻時間和精力，為了拯救中華民國的前途而努力。雖然那次活動在北美洲引起了很大的迴響，最後還是功虧一簣，但我和茂俊兄卻成為很要好的朋友，後來也邀請他

序

參加了北美南加州華人寫作協會，更成為接我會長棒子的接班人。

茂俊兄擔任南加作協二屆四年的會長期間，任勞任怨的推動協會的會務，讓華文寫作的香火繼續在海外傳延，也非常努力地為我主編的《文苑》雜誌籌措財源，讓《文苑》雜誌得以繼續順利出版。因此於公於私，我都必須為茂俊兄寫這篇序文。

茂俊兄的書名叫《尋找記憶中的故事》，是他擔任三十年教職、傳揚中華文化、追尋著名作家足跡、以及他最熱愛的電影評論等方面的一些感想和記錄，全書分成四個篇章：（一）文化教育篇、（二）生活雜文篇、（三）遊記篇與（四）電影評論篇。

在第一篇中，從〈E時代海外華文教學的新浪潮〉、〈不歸路上，我獨行：春風化雨三十年〉、到〈我的退休感言〉，是茂俊兄教學三十年的感想和心得的一個完美的記錄和總結。

在第二篇中，〈人與情的生活雜記〉、〈人間四月的第一天〉、〈今晚我們一起去墓園看畫展〉都描繪出茂俊兄的浪漫情懷。

在第三篇中，〈偶然走進徐志摩的空間〉、〈偶然走進林語堂的空間〉、〈偶然走進賽珍珠的空間〉等，都是茂俊兄走進名家的空間去追尋名家的足跡，探尋名家的心靈之作。

在第四篇中，〈愛上電影，不是我的錯〉、〈我的電影大夢〉、〈漫談張藝謀的電影—長城〉、〈走進鄉土中國的張藝謀〉、〈記憶中的劇作大師黎錦揚〉等都可看到茂俊兄對電影的愛好與深入的探討。

總之，《尋找記憶中的故事》這一本書是了解茂俊兄對教學、對生活、對文學、對電影的執著與追尋的總記錄，是想了解茂俊兄的每一個人一定要拜讀的一本書，不論是他的學生，他的親朋好友，或是他的文友。恭喜茂俊兄，做為一個寫作的愛好者，出書是一件可喜可賀的大事，也是一個留下自己思想、人生成果必然要做的事。

（本文作者為北美華文作家協會二〇一六—二〇二三年總會長）

書生老去 依然有夢

洪文慶

我們從生到老，在兔走烏飛，風雨相催的歲月更迭中，其實是不斷地在記憶中尋找故事長大的，就連三、四歲的小娃兒沒有多少成長的記憶體，也會說他小時候用奶瓶喝奶的詞句；國中生說著小學的趣事，高中生說國中搗蛋的鳥事，大學生談笑過往學習的是非曲直與夢想；進入社會工作，成長的記憶體累積越多，在不同的場合裡說著不同的故事；於是，人生得經常在記憶中翻找曾經的故事。

而記憶存在腦中的「海馬迴」，有短期記憶、長期記憶和記憶定位三個儲存區，它會衰退消失，因此故事會模糊。而為了故事的清晰度，人們保存故事的方式不一，有人書寫，有人拍照，有人錄影，隨著科技的日新月異而有不同的變化；我的好友廖茂俊用書寫的方式記錄著他的人生體驗與生活遭遇的種種感悟，這符合我們（三、四年級生）這一代人的保存故事之方式。雖說有點老舊，卻是札實而真實，且還帶有一點點想像空間。

文字所帶來的想像空間，會因為生活歷練的豐富性而更加張揚。好友廖茂俊就是個有生活歷練的人，我和他相識在文化大學，因為彼此對藝文的喜好而走得近，印象中他是個「文青」

加標準的「文藝小生」（一九七〇年代台灣電影流行的二秦二林之造型樣式）；那時在校園裡經常看到他抱著吉他、坐在青草地上唱著劉家昌的歌，如《我家在那裡》，皺著眉頭斯斯文文地唱著。這樣美好的形象，深受全系師生的喜愛，料想將來的前途也會是無限美好的。但誰知畢業後結婚沒多久，便負笈美國，在域外他鄉重新為學業和生活奮鬥！這段歷練過程的辛酸甘苦，在他的〈不歸路上我獨行〉中寫得清清楚楚，讀來令人心疼不捨！

茂俊負笈美國，對當時的我們來說是羨慕的，相對於當時台灣戒嚴、貧窮落後的境況來說，美國夢是進步的、科學的、富有的、自由的、民主的、公平的、快樂的……等等，是集所有美好事物於一處的天堂，令人心生嚮往！哪裡知道他的辛酸卻遠遠多過留在台灣的同輩，他在〈不歸路上我獨行〉一文裡說到：「在洛杉磯加大的四年裡，我半工半讀的完成艱苦、卻看不見未來的學術願景。這段日子裡，我為了學業，為了養家活口，我做過 PIZZA 遞送員、在跳蚤市場發廣告單、擺地攤、割草工、汽車旅館的夜班經理，有時周末去郊區的中文學校代課……」。好不容易熬到學業完成，應聘擔任了爾灣加州大學（ＵＳＩ）的第一位開創中文課程講師，他以創新活潑的教學方式廣吸學生並受到好評，原以為從此可以安穩過生活。誰知四年後卻受到「被黑」解雇的命運，這又是一個致命的打擊，雖然當地的中文報刊也為他叫屈，但無濟於事。他像再被人推進無人的山谷一樣，摔得遍體鱗傷！使得他再回到打工維生的樣態，既苦又悶。可那時日子再艱苦，他始終沒有放棄過自己堅持的理想。

序

茂俊堅持理想的勇氣與癡，是令人敬佩的。這得分兩個層面來說，一是走學術教育的路，一是電影逐夢的興趣。在他負笈美國深造的一九七〇、一九八〇年代，台灣正值十大建設、經濟起飛的時代，社會欣欣向榮，然而大學文科畢業生也不好找工作，所以我輩文科生在生活的壓力下，也難以堅持理想。大多數的同學找工作通常是先求有，再騎驢找馬，若能找到興趣或學以致用的工作那算是幸運的，但多數在生活壓力下將就，早早就磨光了心志的稜角！何談理想？然而那時的台灣，經濟欣欣向榮，即使工作不如人意，也可存活，日久積累，無論經驗或經濟具可獨當一面，生活也可過得有滋有味的。但在美國可不，那是一個進入已開發的成熟社會，一切都有條理和秩序，而一個異鄉遊子要在別人的土地上插根播種談何容易？更何況茂俊堅持走學術教育之路，更是難上加難！那麼他所經歷的辛酸與苦悶便可想而知。而他堅持走學術教育、教導中國語文這條職業路，在洋土地上播種中國文化，這不僅僅是工作、吃飯的問題，而是一種偉大的情操和理想！

試想，西方文明在海權勃興後，幾乎凌駕全球；而中國自鴉片戰爭（一八四〇年六月—一八四二年八月）後，便處於落後腐敗的局面，苦苦追趕西方的船堅炮利，百餘年來未曾扭轉頹勢。在這樣的情況下，其實不利於中國語文的發展，遑論教學。所幸他堅持了，現代中國的經濟崛起，引發全球學習中文的熱潮，這就有利於中國文化的傳播。局勢改觀了，從不利到有利，雖有天時之便，但人和還差一大步，那時並沒有適當的優良教材，所以他得自費購買教材、修訂學習課綱、用影音教唱的方式活潑了學習張力，這經驗使他發文〈E時代，海外華文教學的新浪潮〉，呼籲兩岸應配合電子化、網路化的新時代之來臨，儘速編輯新教材以利中國語文在海外的推廣。但中文在兩岸還有繁簡之別，故他又為文〈中國語文標準化之新論述〉，談兩岸繁簡字體共識標準化的問題，以利海外華文教學的方便性。這可個難題呢，中國要成為一個世界強國，語文要被廣泛使用，那就不能不破除這個障礙，像英語那樣有一個「標準」定格在那邊以供學習者參考，這一點兩岸的執政者不能不用心關照。

另外，他又從一個海外學者的角度來看台灣——這塊生養他的土地，在偏安一隅復興中華文化到政黨輪替後的國情改變，寫了〈一九四九年後的台灣六十年寒暑——從文化角度看台灣六十年的變化〉、〈從抹紅S·H·E的《中國話》談去中國化後，台灣還有甚麼？〉兩篇長文，讓我心有戚戚焉，感觸良深。〈一九四九年後的台灣六十年寒暑〉一文，從教育、學術、人才培養、言論自由、民主與法治、文學、電影、表演藝術、流行音樂、飲食等，全面探討台灣一九四九至二〇〇九年，六十年來的文化變遷，不但繼承了中華文化的優良傳統，也廣納了歐美日的文化，這兩股勢力的交融，發展出獨特的新台灣文化，從而締造了亞洲四小龍之首的經濟奇蹟，使台灣在世界上發光發熱，也成為全球華人企望的中華文化之自由民主的燈塔！這是何等榮光、何等驕傲的事啊！而〈從抹紅S·H·E的《中國話》談去中國化後，台灣還有甚麼？〉一文，則從S·H·E三個女子團體唱《中國話》一歌在大陸走紅後，反遭台灣綠媒的撻伐、抹紅，他從這現象談台灣去中國化的反思，甚至激烈的反擊說：有種就去中國字！去祖先牌位！去中國大陸帶過來的神祇！去飲食、去文化……等等，若此陰謀得逞，則台灣還有甚麼呢？兩文一正一反，恰是台灣目前藍綠兩股勢力的糾纏與駁火，我們深陷其中，卻無能為力，令人不勝唏噓啊！

廖茂俊的另一堅持，是電影夢的興趣，居然能從小對電影的熱愛堅持至今！這一點讓我非常訝異，我也從小愛看電影，到了大學幾乎是「沉迷」的境地，曾經一星期看八場電影，這種紀錄恐怕絕少人有！但是，大學畢業後進入社會工作，這興趣漸漸淡了，結婚生子後，更是沒了，曾有十幾年不曾踏入電影院半步！可我的好友廖茂俊不一樣，他的電影夢、電影情懷依然在他心中燃燒著熊熊火焰！他說選擇到洛杉磯留學，離好萊塢很近是其中一個重要原因。這是一個得天獨厚的地理條件，在他那一段打工度日、苦撐學業與家庭的歲月，他的電影夢居然沒有醒來？沒有被擦掉？他說：再苦，再累，都要看一場電影；那是他困苦生活中的慰藉，可以給他短暫的美麗夢想，補充顛波人生奮鬥的力量！而當經濟改善了，看電影就成為生活的享受，何其美好啊！難怪著名的電影導演史蒂芬‧史匹柏要說電影是製作出來的「夢」，而將其創辦的電影公司取名為「夢工場」（DreamWorks SKG），生產無數的美夢撫慰世人！

到了洛杉磯留學，因地利之便，茂俊欣賞無數的中西電影傑作，然而熱愛中華文化的他，依然去國懷鄉，看過電影，動筆來寫評論的感思，還是以中國電影為主，在他所寫的〈我的電影夢〉一文中，就展現了他關注電影的寬度，從被啟發進而喜歡電影的一九六〇年代談起，細數六〇、七〇、八〇年代港台電影的發展，從古裝黃梅調（梁山伯與祝英台）到台灣鄉土寫實電影（養鴨人家）、再到瓊瑤愛情片（煙雨濛濛）、抗戰愛國片（英烈千秋），創造了台灣電影輝煌的全盛時期；不僅僅是影片本身，連帶電影配樂也引領流行歌曲的風潮，使台灣的影視產業與流行音樂成為全球華人的領頭羊！香港電影則從黃梅調（江山美人）到時裝歌舞片（春江花月夜）、再到武俠片（大醉俠、流星蝴蝶劍）、拳打片（精武門、醉拳）、以及黑社會鬥爭片（英雄本色）、賭片（賭神）、幽默搞笑片（半斤八兩、周星馳電影），尤其拳打片捧紅了國際巨星李小龍和成龍，奠定了香港影視產業在華人圈的龍頭地位！港台兩地的先發地位，在千禧年之後，被大陸片急起直追，並逐漸被拋在後頭，越拉越遠。

所以他談論的電影，多以大陸近期的電影為主，〈同志與雞〉一文評述同志電影《藍宇》和講述妓女處境的《榴槤飄香》，兩部電影的內容都是大陸禁忌的題材，卻能從台港兩地登陸內地，說明了電影產業，已從兩岸各自為政進化到兩岸三地統合合作的境地，這是趨勢，也只有利用這種優勢，才能使中國電影發光發熱！〈走進鄉土中國的張藝謀〉，評介張藝謀的電影如《紅高粱》、《菊豆》、《秋菊打官司》、《大紅燈籠高高掛》⋯等等，這些電影都札根在中國文化底蘊豐富的鄉土開出來的燦爛花朵，部部都受到好評，這是中國電影受到國際關注的起點。〈遇見我們逝去的芳華〉是介紹馮小剛的電影，廖茂俊以在台灣成長、沒有受到文革鬥

序

爭歲月的創傷之心情，去感同身受那個年代青春之愛的無奈與苦悶。〈漫談張藝謀的電影《長城》〉，講述張藝謀的商業電影，大製作、大卡司、大場面，充滿刺激的感官享受，這是一部古代科幻電影，張藝謀能駕馭的得心應手，不愧是中國第一大導演！茂俊的電影評論深思細膩，有導演的創作手法、有演員的表演情態、有影片內容的時代與社會背景、有影片故事今昔的對比、有他自己的看法主張…，從各種角度去解析電影的方方面面。

茂俊對電影的熱愛與逐夢，是耗時見功的，他在〈我的電影夢〉一文說：「多年來的累進，我……在媒體裡講述我所熱愛的電影，不僅談電影的製作、導演、演員、劇本、配樂、音效、攝影，還談電影對人類歷史、文化與社會的影響力與教育功能。十年前我受邀成為中美電影節的主委，三年前再躍上電影節的舞台上和著名的製片人、演員一起擔任頒獎人，這過程彷彿是我的人生從做夢的影迷逐步走進了電影現實的舞台，如幻似真！」因為這樣，他認識了兩岸三地影壇諸多名人。也因為這樣，他自己也成為洛杉磯的名人，二〇一七年七月我去洛杉磯看他，他開車載我導覽ＬＡ的著名景點，途中就有電台節目主持人打電話進來預約上節目的時間、也有直接訪談他對時事的看法；和他在街上走或餐廳吃飯，隨時都有人過來打招呼問好，可見他在教育事業與電影逐夢這兩塊園地的著力，是功成名就了！

現在他從教育的崗位上退了下來，但對電影的熱愛，雖書生老去，依然有夢。而這本集子，除了文化評述和電影評論外，還有鄉情旅遊和生活雜文，仍是處處可見他的中國情懷。雖然年華逐漸消逝，又遠居美國，然關注的焦點還是在台海兩岸，隔了太平洋，反倒讓他「旁觀者清」，事事皆有見地，讓我對他有「少小離家老大回」的感覺。現在他的集子要出版了，我很榮幸為他的書寫序，樂意為年輕的讀者朋友們介紹——這個負笈美國、被時光辜負了的「文青」，讓他有回鄉的溫暖！

（本文作者為曾任錦繡出版社總編輯）

值得喝采的勵志人生

游蓬丹

深秋時節，茂俊兄返台探親，行前告知他已將歷年來的文章編輯成冊，希望我能為這部處女作寫序，並隨即電郵寄來了書稿。

與茂俊兄早在上世紀八〇年代即已結識，可說是不折不扣的「老友記」，寫序自屬義不容辭。此前我曾讀過數篇他撰寫的電影評論，知道他對電影的熱愛長久不渝，也曾在報章的訪談中，知曉在他家中收藏了數百片中美電影，平時休閒常是細細咀嚼銀幕的片段，解讀編劇、導演和演員藉影片傳遞的訊息。此外，他也善於將這些長年累積的知識，運用到教學中，以華語電影引發學生對中國文化的興趣，這也成為他教中文的獨門秘招之一。茂俊兄新書中所收入的〈遇見我們逝去的《芳華》〉、〈愛上電影不是我的錯〉等篇都是頗有深度的電影評析及人生感悟。

喜愛觀影並加以探討的人文薰陶，對一個人的精神啟發必然有著正面的影響，茂俊兄可謂兼具文化人的格調，以及藝術家的風采。原來我先入為主的認為這部結集可能也以電影為書寫主題。但是從他寄來的書稿中，我發覺他其實有著寬廣的關懷面，並知悉他也十分勤於筆耕，許多人生路上遇見的人與事，他都以文字留下了「筆錄」。例如書中有一篇〈人與情的生活雜記〉，文中包含了好幾個副題，書寫與父親共餐、與友人相聚、參訪名人故居等等，這些其實都是生活中一晃即逝的片刻，但是作者將這些片刻形容為灑滿人間幸福的月光，真是貼切動人的神來之句。

此外，教育也是他終生奉獻的志業。但求學期間的艱辛，作者在書中娓娓道來：「我為了學業，為了養家活口，我做過PIZZA遞送員、在跳蚤市場發廣告單、擺地攤、割草工、汽車旅館的夜班經理，有時周末去郊區的中文學校代課，那時日子再艱苦，始終沒有放棄過自己堅持的理想。」但學業完成後，作者的求職之路並非坦途，反而更是一波三折，可是他卻兵來將擋，越戰越勇，終於獲得市立學院的終身教授職，並在二〇一八年榮譽退休。記得我也去參加了退休餐會，當天好幾位學生都以懷念的口吻回憶課堂上的快樂時光，也可想見他教學時，師生間必然有著良好的互動。

〈幕前與幕後〉這篇文章，是作者對人生角色的一段反思，內容發人深省，他說：「人生擔任的角色是在幕前與幕後之間更迭互換！就像人的一生，在人子、人夫、人父三個角色之間穿梭，有時是父親在後面推助孩子成長，有時是兒子孝養老父，所以在幕前幕後的位置也隨時在改變；但，無論如何，在幕前要努力演好角色，在幕後更要做好支援的工作，讓幕前與幕後搭配的天衣無縫，一起在人生舞台上贏得喝采！」

在這本著作中，作者歷歷細數人生點滴，無論是迂迴曲折的求學之路、春風化雨的教學生涯、或是肩上行囊的天下壯遊，作者都做了充滿感情的回顧。高山低谷走遍，酸甜苦辣備嘗，縱然不免有過許多舉步維艱的時刻，但從作者的字裏行間，可以察覺他對生命的熱愛不減，並總是堅持著正面的思考，祝賀茂俊兄新書即將問世，也為他的勵志人生喝采！

（本文作者為北美華文作家協會總會長）

終於出書了

廖茂俊

七十歲的我，終於出版了一本嶄新的書《尋找記憶中的故事》。這真是一件歡天喜地的人生樂事！古人向來都說，著書立說是一個文人，該有的本份。而我，卻因飄洋過海來美國留學，之後畢業工作，三十多年來從事教育工作，更遭逢教育界的不公待遇，曾失業過四年、嘗試過不同行業，最後再回到講臺上，還擔任過系主任，也榮獲了不少榮耀與掌聲！可知道當時為了養家糊口，養育幼齡子女，直到他們成家立業，最後到退休後，還得照顧年邁體弱的父親。

想想有一天見他逐漸失去記憶，開始思緒錯亂起來！他竟然稱呼我為「情義兄弟！」時，我依稀記得他在錯亂前，腦筋清醒地告訴我：「兒子！你以教授退休，又有豐富的人生經驗與社團領袖的經歷，應該好好寫本書，以你的文筆與人生經驗，又曾投稿多家報社與期刊，應該好好出本書，讓世人讀讀你一生記憶裡的故事。記得那年你唸研究所時，你第一次寫的碩士論文集，不也是出版了生平第一本書嗎？」查查紀錄，這本論文集不正收藏在國家圖書館裡嗎？基於這個動力，我反思過去七十年，我十一歲母親離家，父親含辛茹苦的將我們四個兒女扶養長大成人，流過多少淚水與汗水，才有了今天的我！曾有人問過我，你有這麼多「苦其心志，勞其筋骨」的經歷，為何總是笑容那麼燦爛？絲毫見不到你懷憂喪志的面容。我總是回答，「人

序

生即是苦，若能苦中作樂，何樂不為呢？」

我自小就崇拜英雄，對經典電影《萬夫莫敵》的男主角寇克道格拉斯（Kirk Douglas一九一六－二〇二〇），演了一輩子戲，也曾被美國電影學會評選為百年來最偉大的男演員第十七名。他於二〇〇九年說過一句話「Before I forget」（在我忘記之前），希望人們分享他九十二年的故事、他的一生、他的家庭、他的工作，以及他的哲學。讓世人不要忘記他一生對電影的卓越貢獻！他一生未曾獲得奧斯卡金像獎最佳男主角，但卻培養出一個於一九八七年榮獲奧斯卡金像獎最佳男主角的兒子——麥克道格拉斯（Michael Kirk Douglas）。

如今，我將多年來發表過的文章，匯集起來，分成四個大類，條理分明的讓讀者可以清晰地來讀我，一起來尋找我記憶中的每段故事。故事包括：一、文化教育篇；二、生活雜文篇；三、遊記篇；四、電影評論篇等四個章節。在此，誠摯的邀請您一起來品讀《尋找記憶中的故事》吧！

《尋找記憶中的故事》

第一篇 文化教育

目錄

第四篇　電影評論

第一篇

文化教育

E時代海外華文教學的新浪潮

話說從頭……

隨著科學技術的日益精進，人類文明在走進二十一世紀的前夕，發生了空前的變化。電腦從發明後，歷經年年不斷進步的科研升級，數碼技術的精進與絕對精確，將人類分散在世界各地的點，用一條條看不見的線密密麻麻的串聯起來；一時間將全世界的點、線、面、體，整合起來組成了今天與人類生活息息相關的網路世界。人與人之間，可以在一瞬間將自己的資訊傳給一個人、一群人，甚至整個世界；這彈指間的超高速度，如果透過互聯網把每一個人的智慧、常識和生活經驗的累積串聯起來，這必然引發一場人類史上驚天動地的知識爆發的新時代，我們稱之為E時代。

面對這樣空前快速的大時代，該如何因應？怎樣來調適？已經成為人類當前必須學習的重要課題。而要學習，首先就必須要先人手一台電腦，用滑鼠、鍵盤來操作裡邊繁複卻十分實用的軟體。根據統計，使用電腦進入網路世界，最普遍的輸入語音符號是英文字母，對慣用拼音文字為語言載體的國家或民族而言，英文字母已經是約定成俗的鍵盤文字，因此網路上最流通的電腦鍵盤字母，誠然就是英文字母了。但除了英語系和拉丁語系以外，有一種文字由於使用人口的絕對優勢，以及使用範圍最廣泛，歷史最悠久，而成了網際網路世界的第二大勢力——那就是我們的華文了。

擁有全世界四分之一人口的中國和遍佈世界各地永不日落的中國人，他們共同的語言——中文，在近一、二十年來，隨著中國的逐漸開放，經濟的向上騰飛，華文的流通，儼然也成為世界語言的超強大國。中文在國際上的通行，在網路上的活躍，似乎成了一種流行和競相學習的熱門語言。然而這種優勢的背後，由於歷史環境的影響，以及政治版圖的區隔，卻伏藏了一股莫名的暗潮，讓使用的人和學習的人，有種無所適從的感覺。那就是簡體字與正（繁）體字的因地區分，注音符號、中文拼音、通用拼音在學習方法上孰重孰輕？從而產生新、舊教學方式的爭議。

一個嶄新的海外華文教學局面的形成

儘管海峽兩岸三地的當權者如何根據意識形態來界定該使用何種字體？何種語音符號？在雙方各有堅持，各有立場而爭得難解難分的尷尬情況之下，我們海外的華文教育工作者，在經過多年不斷的教學研討、不停的向所屬政府反映海外華文教育的現實與建議，總算讓語音符號與文字暫時無法走向一元化的但書下，形成了今天可以彼此相互學習、觀摩，到自我調整教學方向的新局面。目前以來自台灣的移民為主的中文教育機構，仍然在僑委會的影響下，維持其當初辦學的宗旨，但是已經做了些迎合現實的調整。例如，中文拼音班的開設。

另外以中國大陸移民為主、傳統老僑為副的中文教育機構，也如雨後春筍般的成立，而標榜以中文拼音、簡化字教學的風格，也開始被僑社接受。近年來，中國大陸政府有鑒於中文教育在世界逐漸受到重視，學習華文的熱潮開始湧向世界各地，且預言華文即將在二十一世紀成為國際語言，於是成立了專責海外華文教育的機構——國家漢語辦公室（ＮＯＣＦＬ，中國國家對外漢語教學領導小組辦公室）。其宗旨在向世界推廣漢語，增進世界各國對中國的瞭解。另外，中文也在語文測試的領域下，成立了兩個重要的項目，一是美國本土主辦的ＳＡＴＩＩ，一是中國大陸主辦類似託福考試的「漢語水準考試」（ＨＳＫ），目前這項考試已經進到美國，並設有五個考點。

二〇〇六年元月五日，美國總統布希先生在美國大學校長高峰會議中正式宣佈，啟動「國家安全語言」計畫，加緊培養美國的外語人才，其中漢語與阿拉伯語、俄語、印度語、波斯語等，一起被列為美國最迫切需要的外國語言人才的「關鍵（critical）外語」。這項由美國國務院、教育部、國防部、中情局等聯合發起的專案，將在美國現有的教育體系中，加強從幼稚園到大學的外語教學課程和人才培養。美國白宮並要求國會在二〇〇七年財政預算中批准，特撥一億四千萬美元，用於啟動該專案的實施，扶持學校對關鍵外語的教學，並派遣美國學生到海外學習關鍵外國語言。

由美國國務院、教育部、國防部及國家情報局等單位，共同參與設計及執行的星談計畫（StarTalk），是美國政府推動「國家安全語言專案」（National Security Language Initiative）的一部份。此計畫將為華文學校及華文教師提供更廣泛的財務及教學資源。於是從二〇〇七年起美國的華人社區，掀起了從事華文教學行業的熱潮，有志者從二十幾歲的大學畢業生到五十五歲的中年男女，齊集在各個華文教師的培訓講習會上，只為了準備參加加州政府的基本的教師資格考試（CBEST）和中文專科教師資格考試（CSET）。這兩項考試，主要是為美國的中小學提供華文教師的師資來源。大學的師資基本上是以本科系畢業的研究生來擔任，但必須經過嚴格的面試與考核。目前興起的美國主流社會自中小學就開始學習華文的熱潮，加上以華人子弟為主的傳統華文學校的學生，具任用資格的華文教師已經成為美國教育界的新寵。

目前美國設有華文課程的大學院校與日俱增，修習華文也蔚然成為美國大學生的熱門選修課程。中文拼音已經是大學華文入門必學的語音符號，簡化字的教學也逐漸受到實用派的大學教師採用，甚至有和繁體字並行使用的趨勢；傳統的海外華文學校為了與美國大學銜接，也已經在高年級班採用中文拼音教學，並有逐漸取代注音符號的趨勢。而簡化字在教學上的使用，仍然是贊成派與反對派最具爭議性的熱門話題。對於中國文字與語音文字尚未達成一元化之前，我暫且不作任何評論。這是兩岸三地從事華文教學研究與教育工作者未來的一項使命性的工作。希望這種不一致卻導致從事華文教育工作者與學習者感到困惑與混淆的現象能早日獲得完美的解決。

海外華文教學的新浪潮

受了E時代知識大爆發的震撼，人類的思維也開始朝向另類的思考，傳統的教學方式與教材，已經面臨了嚴峻的考驗，這是一個變！變！變！的時代，華文受到了普世價值的重視，華文教師的需求在海外也與日俱增，學習華文已蔚然成風，成為一種欣欣向榮的時尚。一個嶄新的局面，引來了海外華文教學一波波改革的新浪潮。這個新浪潮將驅使海外華文教學，在理念上、在方法上、在態度上，乃至在教學思維上產生點、線、面、體的綜合變化。為了順應走進E時代的潮流，我願意結合中外專家學者的基本理論學說，掌握世界語文教育時尚的脈動，傾聽華人學生與本土學生渴望學習華文的聲音與意見，及什麼樣的理想教材，加上我在華文教育上累積多年的教學經驗，勾勒出未來引導海外華文教學走向蘊涵中國文化與智慧的寶藏圖。讓學生循序漸進的邁開步伐深入博大精深的華文世界！

「識繁」！「寫簡」！「打拼音」！

「上網」！「唱卡拉ＯＫ」！「看連續劇」！

這幾個步驟或方法，無疑是海外教學的新潮流！她將使未來的教材與教學更生活化、趣味化、知性化與實用化！

「認繁」和「寫簡」，就是能認識繁體字，會寫簡體字。「認繁」和「寫簡」是目前華文字還沒有達到一致的標準之前的一個權宜之計；一般初學者多半愛學簡體字，較之學繁體字沒有挫折感。而繁體字又是走進深奧的漢學研究必須具備的一個條件。因此能寫簡體字，又能認識繁體字，對學習華文的學子來說應該是較合理的要求。不會一傢伙，打跑一幫初學的入門者。

「打拼音」是目前漢字輸入最快捷和最有效率的方法，經由鍵盤將中文拼音打入後產生漢字，已經成為當前最主要的中文輸入方式。況且聯合國已經將「中文拼音」列為中國 人名與地名的官方譯音符號。美國國會圖書館也將「中文拼音」作為圖書編碼的標準語 音符號。雖然有些許瑕疵，但已經成為學習華文的最佳入門工具，同時也是最被廣泛接 受的電腦中文輸入工具。

會打「中文拼音」，自然能「上網」與朋友在網上溝通，與學校、社會、甚至與世界接軌，互動交流。目前多媒體的發明，讓教學得以在網路上盡情發揮，而且還可以運用在遠端教學與課外補充教材上。

在網路上與人交流溝通，除了讓學生在課堂上接受學校教育外，還增加了課外學習的機會。運用在華文課的課外教學上，更是學生們的福音，特別是3D立體圖形配合文字、聲光效果的多元媒體設計的華文教學課程，讓學習更為活潑生動，更能提高學生的學習樂趣，增進學習效果。今年在美國和中國深受各年齡階層的觀眾喜愛、並掀起廣泛討論的動畫電影《功夫熊貓》，是一個足以啟發華文教育工作者的最佳例證，這種寓娛樂於教育的方式，讓不懂中國文化的外國人不僅津津樂道中國熊貓的可愛稀有，中國功夫的哲理與肢體藝術的巧妙結合，使觀眾在潛移默化中得到中國文化的啟發，大大的在各地興起了一股中國熱。

「唱卡拉ＯＫ」早已是亞洲人家庭娛樂活動中的最愛，近年來「唱卡拉ＯＫ」更成為一種生活文化。經由聲光再注視畫面上的歌詞，一字一字的讀唱，一首歌曲很快就能朗朗上口，對學習華文的學生來說，無論在閱讀上、在語音聲調的訓練上，都能激發出學習的高昂趣味。華文教學如果能運用歡唱卡拉ＯＫ的功能，將一些較富教育意義和生活情調的歌曲，甚至將教材編成歌曲以「中文拼音」標出來，一方面可以準確的讀出中文拼音，還可以提高華文字的閱讀能力。這樣善用通俗流行的娛樂器材，將教育寓於娛樂，不但能提高學生的學習興趣，也能讓學生覺得學習華文的確是一件非常快樂的事。

「看連續劇」一直是海外華人生活的一部分，中國城裡的音像製品店總擠滿採購各類題材華文連續劇的人潮，甚至普受亞洲人歡迎的韓劇，也在配上中文發音或中文字幕後，也一樣廣受青睞；在國內廣大學英語的學生們，應該不會陌生美國的連續劇《Friends》、《Sex and City》、《Hero》給學習英語者帶來多大的樂趣。連續劇的生活化對白與「欲知後事如何？」而想知道結局的心態反應，使得追劇成為對學習語言的吸引力變得很正面。媒體的傳播和交通運輸的發達，國內的連續劇製作水準也普受海內外華人的認同，這對華文學習者，就是一種幫助的工具與不讓學習枯燥的學習載體。

今天我所提出的「認繁」、「寫簡」、「打拼音」、「上網」、「唱卡拉ＯＫ」、「看連續劇」不過是想以浪潮為名來衝擊目前風平浪靜的海峽兩岸之華文教學生態，也許有人會贊成，可能也有人會反對。我總希望我帶來的浪潮，能夠對海外華文教學產生一定的影響力，讓我們的老師在現階段的教學上不再困惑於用「繁」或者用「簡」，「打拼音」已經是一種趨勢，我們也不容再有些無謂的爭議，耽誤華文教學的推廣。「上網」能讓學生的視野更加開闊，甚至發覺世界是平的，讓你我更具世界觀，這未嘗不是為學生開闢一塊另類的學習領域！「唱卡拉ＯＫ」、「看連續劇」是你快樂、我也快樂的學習良方。希望我們今後能作一個快樂的華文老師，讓我們的學生也能快樂的學習。讓他們有一天告訴我們：

學習華文

酷斃了！

Learning Chinese is Cool！

不歸路上我獨行 春風化雨三十年

——我的退休感言

會走上教書這條不歸路，我真的無怨無悔。

我出身於一個單親家庭，父親是個基層公務員，以微薄的薪水撫養四個孩子。由於父親因公忙裡忙外，無暇兼顧子女們的學業，我和三個妹妹也就只好自求多福，靠著父親有限的資源，各憑己身的膽識與才能去摸索，再努力地去尋找自我的出路了！

六〇年代（一九六〇—一九六九）的台灣，國民政府剛播遷來台，經濟蕭條，百業待舉，人民的基本生活過得十分艱難。那時孩子要受良好的教育，只能憑自己的努力與運氣，通過競爭激烈的聯考：即小學畢業後要考初中，初中畢業後得考高中，最後一關是擠進大學聯考的窄門。記得初中聯考時，我恰逢父母親仳離的變故，竟是在大熱天裡含著淚水淌著汗水在悶熱的考場上與試題搏鬥；那時由於驟遭家變的打擊，哪有心情答題，想當然是被迫切想上好的公立初中拒之於門外！因此進了位於永和，離家最近的一所曾經因一場空前血案而震驚全台的初中，於是開始和一堆堆調皮搗蛋的同學為伍，常常因為打架，鼻青臉腫的回家而遭到父親的責難。但那時常常自以為是，叛逆的不以父親的教誨為意。

三年後，當然又在高中聯考時再度敗北。當時別無選擇，又進了另一所更赫赫有名，且以出產著名幫派分子聞名的私立高中；同學之中，龍蛇雜處，有奸巧的小混混，也有義氣凜然的好兄弟，在這樣的環境裡，我本應也該是混跡江湖的好漢！卻因堅持父親是治安人員的身份，為免辱及其聲譽，而跳脫於江湖之外。高二那年，一個也曾經混過江湖的國文老師—李淼，改變了我的一生。在班上，他對我知心而諄諄教誨，讓我一直以來始終抬不起頭來的自卑感，重新建立了信心，也讓我發揮了我長期蘊藏於心的文史潛質；雖然廁身在錄取率低、很不被看好的高中，我竟然以文史的高分，與相對低分的數理科目，以擦邊險球的姿態，擠入了大學的窄門，跨進當時大學聯考最後一名的學校——中國文化大學之排名最末的一個科系：東方語文學系韓文組！（但誰料想得到，在經過幾十年後，由於韓流的席捲全球，韓文竟也成為今天文化大學的熱門科系）從此，我立定了志願，要和我高中的國文老師一樣，也要成為一位能在春風化雨中，作育英才的文史老師！

在號稱全台位置最高的學府—中國文化大學，文學藝術氣氛濃厚的環境薰陶下，我完成了大學的學業。畢業後又順利的考上了預備軍官，服了兩年的兵役，又考上了母校的民族與華僑研究所碩士班，同時間得恩師林秋山系主任的賞識，擔任了韓文系的助教，成為我一生中第一個正式的教書職位；期間，我也開始教導當初在台灣學習中文的韓國留學生，以及法國留學生的中文課程。我因大學主修韓語，副修中國文學與音樂史，因此教導海外留學生的中文，成為

廖茂俊榮獲文化大學華崗人校友榮譽榜。

我緣定一生、始終不渝的終身事業。在攻讀研究所那段時間，又得指導教授張興唐恩師的青睞，又成了他最得意的門生，最後以優異的成績順利獲得碩士學位！

八〇年代初，我本申請到優厚的獎學金赴韓攻讀博士，卻因當年五月（一九八〇年五月十八日－二十七日）韓國發生了光州事件，全斗煥下令以武力鎮壓學生與示威人士，死傷不計其數，成為舉世嘩然的大悲劇；當時情勢危殆，家人唯恐我遭受波及而勸阻前往，終告放棄。出國之事既橫遭挫逆，我只好另覓途徑，考了托福，順利的被美國東西岸幾個大學錄取，但由於熱愛電影，所以選擇了擁有好萊塢電影聖地的洛杉磯之學校就讀。於是負笈橫跨太平洋，踏上了美利堅這塊土地，開啟了預料不到的美國夢之追尋。在美留學的第一年是就讀於南加州大學（ＵＳＣ）東亞語言與文化研究所，然因指導教授與我的研究領域不合，而轉入了洛杉磯加州大學（ＵＣＬＡ），第二年妻女也相繼來美團聚。這時，我一生中第三個恩師周鴻翔教授出現了！在洛杉磯加大的四年裏，我半工半讀的完成艱苦、卻看不見未來的學術願景。這段日子裏，我為了學業，為了養家活口，我做過PIZZA遞送員、在跳蚤市場發廣告單、擺地攤、割草工、汽車旅館的夜班經理，有時周末去郊區的中文學校代課，那時日子再艱苦，始終沒有放棄過自己堅持的理想。

一九八三年我通過考試的方式，當上了可以獨當一面的課堂助教，算是我在這段時間裡，第一個稱得上的正業——開始在大學裡教中文。大學裡教中文，向來都是刻版又嚴肅的老夫子，往往是老師唸一句，學生就一起跟著唸一句，然後再用英文做語法解釋和翻譯課文的方式教學。可我為了提高教學的效率，我開始採用圖片、影像、再輔以生動自然的生活運用方式，和學生做了很多的課堂互動；不只如此，我還教學生唱中文歌、看中文電影，這樣頗具革命性的改變，使得學生對中文的學習興趣大大提高了起來，以往到了第二級人數就減縮的課程，竟然還維持相當多的人數。有了這個教書工作做為基底，從此非武較文的工作開始找上了門，除了上課、教課，也抽空做記錄影片的配音，電影字幕的翻譯，也擔任好萊塢大亨們的中文家教。

ＵＣＬＡ的博士，在那時並非三、五年就可獲得，而我因第二個孩子的誕生，家庭的負擔越來越沉重，那時一位香港來的研究生，已經在系裏熬了九年，學位仍遙遙無期，看了他略顯佝僂的身軀，以及為他的功名在外長期打工受累的妻子，我決定退一步，透過學位考試，再拿了一個碩士學位畢業離開了UCLA。

一九八五年，本準備打包回國就業的我，由於佈告欄裡的一張招聘的Flyer，我順利的通過嚴格的面試，應聘擔任了爾灣加州大學（UCI）的第一位開創中文課程的講師。當時的加州大學還停留在保守狀態的中文教學裡，用的還是美國編寫的一本連背景都不知道是哪裡來的中文課本，而那時簡體字依然還是一種半禁忌的階段，我毅然拋掉舊的課本，而採用了大陸北京語言學院出版的《新實用漢語課本》，自己還將菲薄的薪水，撥了出來找上海的同學找了專業配音師，錄了教材，讓這個課程，開始有了聲音。由於使用簡體字和漢語拼音，開始時，有些有華人背景的學生，常有雜音，說父母反對學習簡體字，但是為了顧及很多初學的美國學生，我認為學習簡體字較為簡單，同時改以民主的方式，以簡體為主、繁體為輔的自由選擇方式，解決了教學對象的問題。

由於我創新的活潑教學方式，學生註冊的人數，幾乎每學期都大量增加，等待的候補名單上也大排長龍。到了第三年初，學校讓我開始聘了新的老師，也有了學生助理。第四年，學校正式創立了東亞語言與文學系，開始有了系主任和各專責領域教授的人事佈局。一九九〇年五月四日，我生日的前一天，我不幸成了人事佈局中黑箱作業的祭品，記得當時在課堂上宣布我下學期不在爾灣加大繼續任教的消息後，一群群平日朝夕相處，活潑可愛的學生，一時間個個竟成了淚人兒；而我這個創系元老，不再被續聘、受到不公平對待的消息，也在第二天登上了大學報紙的頭條，各中文報刊也爭相報導，為我叫屈。我向來怨恨國內政治複雜的人際關係，所以遠渡重洋來到這個號稱最民主、最公平的國家，最後還是遭遇到這樣不民主、不正義的對待命運。如今，想起當時的情景，真的是不堪回首、不勝唏噓。

離開爾灣加大後的四個年頭，我像被人推進了無人的山谷，摔得遍體鱗傷！當我撫平傷痛慢慢的爬了出來，我有了歷盡風霜、嘗盡人間冷暖的滄桑，其中的辛酸苦辣，如人飲水，只有自己心知肚明。但我依然堅持走自己教中文的道路，可一封封發出去的求職履歷，往往是石沉大海，要不就是直接丟來一封軟釘子回絕的信，拒絕於門外！就這樣以兼職的身份，在社區大學有一學期沒一學期的教，在周末中文學校教學分班，接著得熬夜翻譯電影字幕的零工，在優果冰店打果汁、做三明治，同時也考上執照做房地產經紀，就這樣把一個負債累累、經濟瀕臨破產的家庭，硬生生的給撐了起來，房屋沒有被拍賣，家人也沒有挨餓受凍。

一九九四年夏，克萊蒙大學區的 Pomona 學院的一次成功的面試，讓我以全職教員身份代替休假一年的主任教授的課，讓我重返可以全職上課的校園，也重新撿回了我散落一地的信心。在這個著名的私立文理學院，我見識了我教書生涯中，學習最認真、天資最聰穎的優質學生，我也成為學生愛戴的中文老師。但兩年後，同樣不公不義的政治醜陋安排，我離開了這所我熱愛的文理學院。但遲來的幸運之神給了我三個專任教職的選擇，厭倦了大學校裡複雜的人際關係，我選擇了可以打開窗戶就可以看見好萊塢「HOLLYWOOD」地標，擁有七十九年歷史的洛杉磯市立學院（LACC）。從此我以這裡為基地，作為我教書生涯的不凍港，除了固守自己的教書崗位外，還可為中文教育作外向性的研究、發展和開創。

從一九九六年開始，我又將這所沒落的中文課程救了起來。由於社區大學是美國教育的一個特色，她兼具教育和社會服務的功能，讓很多經濟能力差的學生、或者需要培訓就業的人能早日到社會工作，也為語言能力不足的新移民，不分男女老少貧富，只要你願意學習，絕對可以跨越門檻，進到這裡來就學，因此學生的素質參差不齊，對我而言確是一項挑戰。

LACC 系主任與系教授參加畢業典禮。

但就是這樣的生態環境，恰恰與孔夫子所揭櫫的崇高理想「有教無類」不謀而合！因此，我以中文教學與中國文明史為載體，讓這裡的學生感受中國文化的博大精深，讓他們在耳濡目染、潛移默化的薰陶下受到影響。在我的這個中文園地裡，平日極具個人主義、驕傲自大的美國學生，變得十分尊師重道、謙虛有禮，樂於助人。同時我也以我校作為對外發展的基地，結合中文教育的精英，組織了中文教學研究學會，除了為中文教育作研究發展計畫和編列教材外，還舉辦大型的中文教育研討會，邀請國內著名中文教育專家學者擔任專題講座。

作者在課堂上與學生一起過中國年。

同時我也經常受邀到各地演講，如國內的北京人民大學、西安交通大學和台灣的中國文化大學。對於南加州中文學校的華文教育研討會，我也每年都參與擔任講員及開幕主講。同時也為新進的華文教師擔任培訓的講座教授。儘管自己校內的教學工作再忙碌，周末假期還受邀參加各項華文教育的活動，及參加國內的華文教育研討會，而且樂此不疲！這正因為我熱愛中文教育，也樂於讓自己成為推廣中華文化的海外使者！

二〇〇〇年我榮獲洛杉磯市立學院《十大傑出教授》榮銜，二〇〇七年我又獲得了中國國務院僑辦頒發的《海外華文教育終身成就獎》，在中國大陸青島參加頒獎典禮，回到洛杉磯並同時做了官方的佈達儀式。當時感到無比的光榮！二〇一七年我退休的前一年又榮獲《LACC最受歡迎的教授》。二〇一八年六月我從服務了二十二年的學校正式退休！細數我走上中文教學的這條不歸路，前前後後加起來也超過了三十年，回首來時路，那一段讓我歡喜，讓我憂

作者率美國學生與南寧二中學生學術交流。

作者擔任師大教師研習團班長。

作者應邀於中國人民大學講學。

的悲歡歲月，已成我人生中難以忘懷的記憶。我認為這不是我從事華文教育的句點，而是我另外一個走上傳播中華文化「任重道遠」這條路的另一個起點！過去，我曾經獨自走在這條坎坷的不歸路上，如今，華文已經蔚然成風，成為世界語言、文化的顯學，我祈願能有更多的人，一起投入這個有榮耀、有使命感的事業。我相信今後的我將不再孤獨，有更多的新血將繼續往前走！我也祝願，偉大的中華文化已經開始復興，她不僅僅會在中國人的土地上發光，也希望她像陽光一般，照耀著整個世界！

春風化雨三十年的廖茂俊教授。

中國語文標準化之新論述

——談擬定正體字、簡體字之「兩岸一家親」的共識

前言

走進二十一世紀的第六個年頭，誠如上世紀先知的預測，屬於中國人的世紀已經堂堂的揭開了序幕。隨著中國經濟力的迅速崛起，學習中文的熱度也迅速升溫，使得她的鄰國——韓國，基於市場經濟的迫切需要，舉國上下紛紛學習中文，逼使傳統上視英語為第二外語的學生轉而學習中文，並且將廢除了二十年的漢字恢復使用，學習中文的人數已經大大的超越了學習英文的人數。這種現象不僅在亞洲引起了連鎖效應，還跨過太平洋席捲了美國，也開始席捲歐洲和非洲。

從二〇〇五年年底開始，美國大學理事會首次把中文和日文列為美國大學入學考試項目的語種。這個監管美國大學入學標準的權威機構表示，這一決定將使美國高中學生在多元文化和多語種方面能更好地適應全球經濟一體化的發展。美國的高中學生將陸續從明年開始在傳統的歐洲語種之外選修這兩種亞洲語言，為升學做準備。AP中文課程預計將從本年秋季開設，第

一次AP考試也將在二〇〇七年五月進行。同時美國國土安全部也發文各大學，將中文和阿拉伯文、波斯文、俄文、韓文同列未來美國學生應該學習的關鍵語言。因此中文的學習已經在世界各地蔚為風氣，中國文化的花朵也將開始在世界綻放。

面對空前未有的大好情勢，全世界學習中文的學生人數正快速成長，根據美國之音的報導，目前已有三千萬人正在學習這個過去號稱最困難的語言，而且還在急劇的增加。這證明了中文在二十一世紀的今天，已經逐漸躍升為英語以外最重要的語言。而身為中國語文教育的工作者面對這樣的快速變化，一則以喜、一則以憂。喜的是，我們的語文受到了全世界的青睞，中國人出頭天了！憂的是，我們的語文環境竟然隔著海峽、大洋、意識形態，而到處山頭林立。尤其是政治的分割，導致學習中文的學子們必須面對正體字與簡體字的抉擇，語音與詞彙辨識的重重困惑。

正體字與簡體字正面臨抉擇

自一九四九年以後，一道海峽分隔兩岸成兩個特殊的政治生態環境。一邊激烈地以大刀闊斧的方式推動革命性的文化改革運動，尤其為了掃除數以億計的文盲，一九五六年一月中國大陸國務院通過決議，致力推廣「簡體字」及「普通話」。根據中國國務院公布的總表，總計有二千二百三十六個簡化字，這就是今天通行的簡體字。雖然文化大革命期間又陸續出現兩批簡化字，但是由於簡化的太過於粗糙不合理，於一九八六年政府明令廢止。根據中國教育部長周濟在五十周年的紀念研討會上表示，根據調查報告，推行簡體字的五十年來，使用簡體字的人口已高達百分之五十二點二五，運用普通話進行溝通的人口也佔了百分之三十五點〇六，成效相當顯著，此一政策的推行大大地降低了文盲的比例。面對外界質疑此政策推行是為了消滅繁體字的撻伐聲浪，中國人大常委副委員長許嘉璐在紀念研討會上表示，推行簡體字不是為了消滅繁體字，故不會干涉中國大陸以外的地區使用繁體字。這是目前中國大陸使用簡體字五十年後的最新實況。

海峽另一邊的台灣，則於一九四九年開始推動以北京官話為基調的國語運動，讓素以閩南、客家方言為主的在地人，加上兩百多萬來自大陸各地也有方言口音的軍民，學習國語，並且繼續使用傳統的正體字。尤其在大陸文革期間，為反制大陸紅衛兵造反有理的摧毀中國的固有文化，而推行「中華文化復興運動」，一時間，被海外各地華人以及自由世界的國際友人視在台灣的中華民國為中國文化的精神堡壘。一九九〇年代，台灣的政治生態開始發生變化，本土化運動開始抬頭，方言被稱為母語，族群「意識形態」與「去中國化」屢為政客所操弄，導致過去在中國文化上始終擁有的優勢，逐漸在大陸改革開放後，力求回歸中國文化主流的大陸政府給取代。學習中文的外籍學生年年流失，是台灣在中文教學上的一大憾事！目前由於海峽兩岸人民交往頻繁，來自大陸的簡化字已經登陸台灣，也面臨是否全面學習簡化字的困擾？或者順應時勢，做到「識正寫簡」的地步，正在沖擊這個以正體字為主的堡壘。

正體字與簡體字正排列在十字路口上，讓人們面臨最茫然的抉擇。另外，近四十年的兩岸隔離，所產生的不同語音與新的生活詞彙，也在在顯示兩岸雖然同文同種，卻在生活文化上有著絕大的差異。至於海外兩千萬的僑民，由於過去受台灣與香港、澳門的影響，也一直配合著台、港、澳的步調，在僑居地依舊採用正體字，這從海外的中文報紙可以得到證明。但抉擇依舊視兩岸三地政府的變化而定。

正體字、簡體字，孰優？孰劣？

綜合在海外的教學經驗，大多數初學者偏愛簡體字。尤其手寫時可以省卻不少筆畫。但對有中國文化背景的學生，正體字則較受歡迎，主要是傳統的家庭背景，認為正體字屬正統，形狀較美，有內涵，符合中國字造字的邏輯美學。但在今天電腦的普遍、網路的盛行、人們講究速成的前提下，簡體字已經能被大多數學生所接受，再加上大陸十三億多人口的普遍使用之壯盛威力下，使過去所稱的俗體字逐漸登上大雅之堂。事實上簡體字大都取自草書甚至甲骨文。漢字簡化的方法是以錢玄同在一九二二年所提出的方法爲基礎的，共有七種：

一、採用筆劃簡單的古象形字。如從——（从）、眾——（众）、禮——（礼）、無——（无）、塵——（尘）、雲——（云）等等，這些字都見於《說文解字》。

二、草書楷化。如專——（专）、東——（东）、湯——（汤）、樂——（乐）、當——（当）、買——（买）、農——（农）、孫——（孙）、爲——（为）等。

三、用簡單的符號代替複雜的偏旁。如雞——（鸡）、觀——（观）、戲——（戏）、鄧——（邓）、難——（难）、歡——（欢）、區——（区）、歲——（岁）、羅——（罗）、劉——（刘）等。

四、僅保留原字有特徵的部份。如聲——（声）、習——（习）、縣——（县）、醫——（医）、務——（务）、廣——（广）、條——（条）、鑿——（凿）。

五、原來的形聲字改換簡單的聲旁。如遼——（辽）、遷——（迁）、郵——（邮）、階——（阶）、運——（运）、遠——（远）、擾——（扰）、猶——（犹）、驚——（惊）、護——（护）。

六、保留原字輪廓。比如龜——（龟）、慮——（虑）、愛——（爱）。

然簡化字體也存在不少為人所垢病者。例如：「蕭」與「肖」，蕭原簡化為「肖」，後來還原為簡筆的「萧」；「發」與「发」，但是「頭髮」——「头发」，還原後竟丢了「髮」，而成了「頭發」，令人啼笑。「範圍」與「范围」，「範」原為工人的量規，竟以「范」代替。但最令人莫名的則是「麵」與「面」，去掉了「麥」的物質原料，僅取其音同的「面」字，試想滿街「冷面」，吃來能令人安心嗎？再看簡化的「爱」字，竟然沒有心！而「龍」簡化成「龙」，像條蟲，一簡相差十萬八千里矣！

漢字的歷史，基本可以追溯到甲骨文（甲骨文是否為漢字最早的雛形，依然有爭議，也有一說是陶文），然後是商周時代的金文（鐘鼎文），再來是秦的大篆、小篆，再經歷漢隸，魏晉南北朝的行、草、楷等演進變化，漢字的結構規範可說早已定於一尊了，並且決定了其書寫風格！一直到一九五六年簡化字體的公布，漢字才再產生巨大的變化。基本上，正體字自漢隸以後，再到魏晉，就以楷書的型態沿用至今；而從書法的角度來看，一般人書寫也是從楷書一筆一劃入手，等到有了一定的功力，再進入行、草的書寫，也就是今天所謂的簡化字體了。當然，正體字的結構相對比較漂亮，可是書法，較受人喜歡和欣賞的，多半是能顯示書家個性的行、草書，這可以說是簡化字的優點，就看個人的書法造詣了。

兩岸語音、用語的不同點

由於兩岸長期的隔離，雖一邊推行普通話，一邊推行國語；但在發音上卻有明顯的差異。台灣由於推行國語運動，來自大陸北平的國語教師與中國廣播公司的播音員成為推行國語的主力，當時字正腔圓的標準國語發音，至今仍令人印象深刻。但若與來自中國大陸講普通話的同胞對話，就容易發現兩岸存在著許多讀音不同的差異。例如：

語詞	國語發音	大陸發音
血液	Xue3yi4	Xue4ye4
癌症	Yan2zheng4	Ai2zheng4
柏樹	Bo2shu4	Bai3shu4
滑稽	Gu3ji1	Hua2ji1
濟南	Ji4nan2	Ji3nan2
朴（姓氏）	Pu3	Piao2
品質	Pin3zhi2	Pin3zhi4

以上所列是一些語音差異的例證，至於生活語彙、用語，兩岸一樣存在著極大的差異性，甚至延伸到翻譯名詞上，有極大的可能性會被認為是兩個完全不同的人、或地、或物。例如：

台灣用語	大陸用語
水準	水平

台灣的譯名	大陸的譯名
計程車	出租車
賓士	奔馳
番茄	西紅柿
馬鈴薯	土豆
薪水	薪資
太空	航天
電腦	計算機
紐西蘭	新西蘭
瓜地馬拉	危地馬拉
雷根	李根
尼克森	尼克松
布希	布什

川普　特朗普

中國語文標準化的迫切性

西元前二二一年，秦始皇統一六國，並統一度量衡，從而產生了「車同軌、書同文」的偉大事業。那時候，小篆成為當時的標準文字，以後即使中國受到異族的統治，中國的語文不但沒有受到摧毀，反而教化了他們，這就是延續到今天的正體字。我們無須擔心正體字會受到聯合國的廢止，因為它是跟著歷史在流動的。

世界正在演變，資訊的發達讓人與人間的距離更為接近，因此語文不僅是一種溝通的工具，更是保存固有文化的不二法寶。語文會隨著人民的使用流通而演進變化。當中文有足夠的吸引力來引導學生學習的時候，便是世界對中華文化的肯定。尤其今天，當全世界的學子以趨之若鶩的心情湧進中文教室來學習中文時，若我們還沒有準備好一套合乎標準的語言文字來教導他們，這豈不令人望而生嘆且困擾不已嗎？如果兩岸三地的中國人還繼續為意識形態吵得喋喋不休之際，能否先坐下來為我們的孩子和求知若渴的外國學生，準備一套放諸四海皆準的標準式中國語文教學系統呢？讓海外所有教授中文的老師們能朝著正確的方向、引導學生走向良性的學習之路，這豈不是我們當前的歷史任務嗎？

當兩岸各自都投入大量的人力、財力在編訂教材的時候，是否可以先把正本清源的標準化問題解決呢？讓儒家的中庸之道運用在訂定中國語文標準化的工作上，讓簡體字與正體字能以去蕪存菁的方式，化為存同去異的「兩岸一家親」！讓不合理、容易混亂的簡體字回歸繁體，讓筆劃複雜且多的正體字簡化；同時也將發音不同的詞彙和各異的生活用語整合起來，以達成共識的標準。如此一來，絕對可以將未來的中文教學納入常軌，讓所有的中文教師有更多的精力運用在教學的技巧上，不必再為不確定的語言和文字，作無謂的爭論和耗時的解釋之闡述。這樣一來，標準化的語言、文字，必定可以將我們燦爛的中華文化傳承並發揚到世界的每個角落！

雖然中國語文標準化這項任務，遭遇困難的可能性極高，但是懷著強烈使命感的我，希望結合每一個志同道合的朋友，一起推動這項嘉惠後世子孫的神聖使命。我在此大聲的呼籲兩岸三地的政府，能夠早日召開世界性的學術會議，大家以求同去異的態度，放棄一己之私，為我們的後代，以及中華文化的永續發展，定出標準化的中國語文政策！這是我們海外從事中文教學的工作者最殷切的期盼。

任重道遠啊！

（此篇為發表於二〇〇六年中文學校聯合會夏季教師研習會閉幕式主題之演講講稿）

從文化角度看台灣六十年的變化

——一九四九年後的台灣六十寒暑

回首從前——中華民國的歷史，一個正值三十八年華的壯丁，曾經歷北伐的成功、抗戰的勝利，然卻在勝利後短短的兩年內敗給了自己，眼睜睜地看著一片大好山河染成了紅色！我不禁要問：為什麼？如果，您曾經是抗戰時期的勝利者，為何反倒成為內戰的失敗者？而如今，在退居台灣的六十寒暑後，您還是失敗者嗎？答案應該：不是！

一九四九年，兩百多萬來自大陸三十五省、十二院轄市及兩大邊疆地區的黨政軍民，逃過了炮火的追擊，黯然而匆忙的渡過台灣海峽，來到這片曾經被祖國拋棄的悲情小島嶼——台灣。當船一靠岸登陸，馬上就面對這群曾經與祖國斷了五十年親情，又在二二八事件後懷著畏懼與懷疑的台灣人民的信任考驗，以及飽受戰火摧毀的土地資源和公共設施，著思該如何來建設？如何來經營？這些都是當時來自祖國大陸的外省人和台灣當地的本省人、原住民等，必須共同面對的難題！

六十年來，來自大陸的外省人與台灣的本省人和原住民，從開始的偶合，到結合與融合，民主化後經過貪腐政客煽起的族群對立，到最後磨合成當前的一個獨特的實體。誠然是經歷過

作者與電影和流行音樂。

多少風風雨雨政治歷程，和無計其數次天災的無情肆虐，才有今天的穩定局面。回首六十年的人間歲月，在這個彈丸小島上，由中國大江南北帶來的大陸文化，融進了剛經過日本殖民文化影響的台灣本土的閩南與客家文化和原住民文化，讓這片土地從保守的單一的文化群，走向了多元的文化。由於政府有限度的開放，來自歐美西方文化的衝擊，台灣儼然成為一個可以與世界接軌的美麗寶島。一言以蔽之，台灣是中華民族有史以來，第一個可以在沒有戰火威脅的安定環境下，順利地完成高等教育，然後出國留學，為國家培養眾多學貫中西人材的基地！同時在走向現代化的經濟建設上，她又結合了湖南騾子脾氣、潮州人與溫州人在逆勢求生的本事、晉商＋徽商＋寧波大賈的大氣、東北和西北人的豪邁義氣，再結合漳州、泉州與客家人的節儉與硬頸精神，在這塊歷經戰亂的土地上，完成了台灣的土地改革、橫貫公路、十大建設、高速鐵路等現代化工程，創造了舉世聞名的台灣奇跡，成為亞洲四小龍之首。而在政治民主化方面，歷經白色恐怖與長期戒嚴的苦澀階段，美麗島民主運動的洗禮、萬年國會的全面改選、解除戒嚴法、開放大陸探親，並於一九九六年舉行中國人有史以來第一次總統直選，並在二〇〇〇年結束了一黨獨大的局面，實現了第一次的政黨輪替、百萬紅衫軍的反貪腐公民運動，審判中國歷史上絕無僅有的貪腐總統。

台灣，六十年的演變，讓這塊中華民國最後據守的彈丸之地，成為了全世界中國人矚目的發光體，她的一舉一動，一顰一笑，都成了一本全世界中國人每分每秒必讀的歷史演義。

台灣已成為中國人在民主、法治、經濟、文化、教育等方面提供了一個理想的實驗場地，儘管試驗過程中，有為爭民主與言論自由的鬥士、有被打的頭破血流的民意代表、也有潑婦罵街的美女民代，當然也有人為了經濟傾家蕩產、更有掏空銀行逃跑的豪門大亨、也有因貪腐身系囹圄的高官甚至總統。這在在證明這塊土地上的人民，像幼兒學步一樣，跌跌撞撞了無數次，跌倒了又再爬起，即使滿頭包也要在成長中學習，最後從柔弱的孩子，開始茁壯成長，對於民主開始展現理性的選擇。即使失敗了，也能坦然面對。對於社會的不公，也有人能站出來為之伸張正義。這樣的社會，這樣的人民，已經成為全體中國人的典範！即使她在民主化的過程中所犯下的錯誤，也會成為中國人未來行事的殷鑒！這就是六十年來，從愛恨與寬恕中，逐漸演變成台灣的精神，那就是中國人的台灣精神。

探究中國人的台灣精神的形成，必須從文化的角度來作深度的探討。探討出這六十年來的台灣，如何會成為中國的發光體？

採行中國主流文化教育來取代日據時代的殖民教育

一九四六年四月，台灣省國語推行委員會成立，由魏建功教授擔任主任委員，展開推行國語的工作，其努力卓有成效。當時編訂的《國音標準彙編》，作為地方政府的法令公佈，這本書在推廣國語運動是具有重要歷史意義的「物質遺產」，是中國語言學史的珍貴文獻。文章介紹台灣光復初期國語推行的簡況，敘述《國音標準彙編》的內容梗概。因此國語的推行使台灣進入中國主流文化教育，國語成為教育與日常生活的通用語言。同時將儒家思想編入教材中，儒家規範的倫理道德在學校裡推廣，將儒家思想在台灣發揚光大。將孔子的生日定為「教師節」，並於每年當日在各地孔廟舉行祭孔大典。這和大陸文革期間，背離中國主流文化，大肆批孔、破四舊的運動，成了鮮明的對比。

五四後 現代白話文學的延續

隨著時代的變遷，台灣繼承了大陸的文學遺產，繼續在台灣落地生根發芽，文學作品題材具備兩地時空的背景與人物的承襲。當文學在大陸淪為政治服務的工具時，台灣繼續走五四以後提倡白話文學的道路，除了從大陸跨海來的成名作家梁實秋、張愛玲、胡蘭成外，這段期間在大學校園裡，更孕育了不少文學的大家，如白先勇、張系國、司馬中原、朱西寧、瓊瑤等，詩人如余光中、鄭愁予、洛夫、周夢蝶等。他們作品中的人物、故事橫跨海峽兩岸，具有傳承創新的精神。

懷抱原鄉精神 反映現實社會的台灣鄉土文學

在延續大陸文學的同時，台灣的本土作家也隨之興起，他們一方面懷抱大陸原鄉的情懷，一方面呈現日據時代影響下的台灣社會鄉情，如鍾理和、賴和以現實主義來反映當時的台灣社會現象，藉笑中帶淚的鄉土小人物來表達內心的掙扎與無奈。這類文學作家以陳映真、王楨和、黃春明、王拓、楊青矗為代表，更帶動了八〇年代鄉土文學電影的新浪潮。

雄厚的學術基礎 作育出無數經世治國英才

國民政府退守台灣之時，許多大陸中央研究院的學術權威，也隨著政府來到台灣，成為台灣學術文化的鎮台之寶。如在國學方面，以大師胡適、傅斯年、錢穆、唐君毅、方東美、黎東方、徐復觀、南懷瑾等為代表；文學大師則有林語堂、梁實秋；考古人類學界大師有李濟、芮逸夫、董作賓等；科學界則有獲得諾貝爾獎的李政道、楊振寧、丁肇中等先後來台灣講學，才產生後來的台灣之光李遠哲。台灣就在以他們為基礎的情況下，使得台灣的學術研究風氣達到鼎盛，成為當時華人世界的學術重鎮。

另類知識份子的偏執 促使言論自由受到保障

由於早期的集權統治，人民言論遭到鉗制，一群傲骨的文人不畏強權、相繼為維護正義與真理而發聲。如殷海光、雷震、李敖、柏楊、彭明敏、陳鼓應等文人，甘心冒被捕、被迫害的風險，為當時只有一言堂的輿論界，發出了另類文人沉重的咚咚聲響。他們特立獨行的言論，展現了知識份子沉澱已久的道德良心，為未來台灣的民主化，做了敞開大門的先鋒。

西潮的衝擊 讓台灣走向世界舞台

一九五〇年六月韓戰爆發後，因為美國的援助，美軍顧問團進駐了台灣。一九五五年十一月開始、長達二十年的越戰期間，引來了大量來台渡假的美軍。這兩波戰爭美軍以台為中繼站的消費行為，在有形無形中，透過媒體和酒吧、夜總會的推波助瀾，讓台灣人民逐漸接受了西方的歐美文化；於是好萊塢電影、熱門音樂、反戰民歌，幾乎成為崇尚西方的時髦媒介。隨之學習人家流行時尚的迷你裙、馬靴、牛仔褲、喇叭褲等，也成為當時最流行的服飾，青少年趨之若鶩，使得台北中山北路一帶專賣舶來品的晴光市場，成為追求時尚者的購物天堂。不僅如此，連美國七〇年代因反戰而叛逆失落的嬉皮運動，以及當時的概念藝術—達達主義和普普藝術，也都一併引進台灣，充斥在台北街頭，隨處可見。而台北車站前的南陽街，因交通之便而使得那一帶的英語補習班如雨後春筍般紛紛成立，成為留學美國的跳板！這是早期台灣與國際社會接軌的前身，也形成後來海外僑民團體，在海外支持自由中華民國台灣的主要力量。

新浪潮電影揚威世界影壇

台灣早期的電影大都是為了配合宣導政府的政策而拍，如《西施》、《英烈千秋》、《田單復國》等，但到了八〇年代初期，一群留學歸國的新浪潮導演，結合台灣年輕的新銳導演，將台灣社會氛圍結合西方電影的表現手法，呈現出一種壓抑的、苦悶的、吶喊的、期求解放的電影美學，形成台灣電影的新風格，謂之「新浪潮」，席捲電影市場。這批新銳導演，如楊德昌的《牯嶺街少年殺人事件》、柯一正的《光陰的故事》之其中一段、陶德辰的《單車與我》、萬仁的《蘋果的滋味》、侯孝賢的《悲情城市》、陳坤厚的《小畢的故事》、張毅的《我這樣過了一生》、李佑寧的《孽子》、但漢章的《暗夜》、蔡明亮的《青少年哪吒》、李安的《囍宴》等，為台灣電影走向國際化奠定了雄厚的基礎，他們曾多次在國際影展中贏得大獎。特別是留美的李安，更為中華民國台灣贏得了奧斯卡電影史上第一位華人最佳導演金像獎，也曾經創下同時榮獲四項金像獎的輝煌記錄。

傳統與現代的精采結合 提升了國人的表演藝術水準

在表演藝術的領域上，來自大陸的京劇、越劇的表演大師，為台灣帶來了中國傳統藝術的饗宴，軍中的京劇團與大學院校的戲劇系為培養下一代傳統戲劇演員，可說不遺餘力。為了振興傳統戲劇，開始有了改良式京劇，如郭小莊的「雅音小集」，魏海敏、吳興國的「當代傳奇劇場」，他們為傳統的京劇注入了新的血液，傳統的京劇展現了新的風貌。而台灣本土的歌仔戲和木偶戲也在時代的期盼下，由野台戲走進了學術的殿堂，從楊麗花到明華園的孫翠鳳，都讓這項傳統的地方戲曲，有了旺盛的生命力。而原本在廟口為迎神和喜慶餘興的野台木偶戲也躍上了螢光幕，藉現代音效、特技和華麗的包裝，讓傳統的木偶戲以嶄新的面貌走進了人們的客廳和秀場，讓三代人可以同堂共享一齣集聲光音效、奇幻劇情、精緻服裝行頭道具的精彩大戲。

雲門舞集結合中西文化成為世界級的表演藝術團體

蜚聲中外的「雲門舞集」，創始人林懷民憑其執著的毅力與一群志同道合的朋友，以中國傳統文化與台灣先民的開拓精神為題材，結合西方現代舞的舞蹈技巧，再利用變幻多彩的燈光設計，為台灣的現代舞開闢了一片天。

譜自己的曲 唱自己的歌

一九七五年，唱膩了西洋民歌，厭倦了電台裡整天播出的大量靡靡之音，知識份子楊弦以詩人余光中、鄭愁予的八首詩詞譜曲，在台北中山堂舉辦了一場《唱我們的歌》的民歌演唱會，並出版了《中國現代民歌集》，推廣脫俗的詩詞民歌創作，得到了知識界和社會廣大的關注與反響。從此讓台灣有了自己新的民歌。一時間校園裡，突然像雨後春筍般的冒出一群群自己譜曲、填詞，甚至自彈自唱的校園民歌手。知識份子投入了音樂創作的領域，當時的侯德健作曲作詞，李建復主唱的《龍的傳人》，敲醒了全球華人的心靈，還造就出一個個著名的民歌手，如葉佳修、齊豫、陳明韶、包美聖、黃大誠、邰肇玫、施孝榮、吳楚楚、蔡琴、潘安邦等令人至今仍懷念的民歌手。正因為這個民歌運動的濫觴，使台北成為日後華人流行音樂的中心，誰想在流行樂壇上揚名立萬，就必須到台北來試金歷練一下才行，是以香港歌手、馬來西亞、新加坡等華人創作歌手也都到台北來插旗出唱片。

領導中華餐飲文化潮流的台灣美食

一九四九年隨著來自中國大江南北與邊疆地區的二百多萬軍民的到來，他們的飲食文化也隨即湧進了台灣，使得台灣成為中國各地飲食文化的總集結地。台灣舊有的閩南客家小吃餐點早已聞名遐邇，倏忽間面對外來飲食文化的來襲，先是惶恐，繼而排斥，最後是全盤接受，並且還以全新的面貌優雅地呈現在餐桌上。台灣的本省人繼承了日本人擅長改良外來產品的精神，並且還將之精緻包裝成為有特色的食品。隨著經濟的起飛，物質文明的要求更高時，從前那些退役老兵經營的豆漿燒餅油條，從開始以報紙來包裝油條和塑膠袋盛豆漿的情況，就慢慢變成了包裝精美的禮盒。一碗曾經得坐在攤子旁呼嚕嚕吃的牛肉麵，如今成了老饕們在五星級飯店裡追逐的極品。每年的台北牛肉麵節，各家各店的牛肉麵，成了吃客們的龍門宴。一杯曾經是摻小粒西米露的奶茶，在西米露被做大了以後，竟成了馳名中外的「波霸奶茶」（又稱珍珠奶茶），在大陸幾乎是家喻戶曉的台式飲品。本來，南翔小籠包原是靈巧的上海人的看家絕活，如今卻成為台北「鼎泰豐」的招牌美食，分店竟然膽敢跨過海峽開在上海灘上，以高價位的高檔次豪華餐廳迎接川流不息的賓客。今天大陸的飲食文化除了本身的文化底蘊之外，台灣的影響力絕對是起了極大的作用。我們可以從近來大陸的食品包裝日趨精緻，餐廳除了美食外，還要彰顯優雅的文化品位，如「康師傅食品」、「永和豆漿」、「鹿港小鎮」、「仙蹤林」

和「85度C麵包咖啡」大受大陸同胞的青睞，可見一斑。

獨領風騷的台灣流行音樂

當文革末期，大陸還在高唱革命歌曲，大演樣板戲之時，來自台灣的鄧麗君之歌已經悄悄的登了陸，成為白天唱革命歌曲，晚上偷聽鄧麗君歌的有趣對照，當時還流行一句民諺說：「不愛老鄧愛小鄧」，可見大陸同胞對台灣流行音樂的風靡。文革後，大陸百廢待興，鄧小平當家後倡行改革開放，台灣的流行音樂與校園民歌此時恰好成為大陸同胞解除疲勞、放鬆心情的一帖心靈撫慰劑！台灣自推行國語運動後，國語成為了全台灣通用的語言，與大陸推行的「普通話」不謀而合，所以台灣的國語流行歌曲完全沒有隔閡地被大陸同胞接收，再加上人們在文革的恐怖鬥爭後渴望內心的抒發，是以對細膩描述內心情感的台灣流行音樂產生了的共鳴。於是台灣的歌手、詞曲家，很快的就成為他們心目中的偶像，像早期的李宗盛、羅大佑、姜育恒、齊豫、齊秦、張惠妹、趙傳、童安格，到今天的周杰倫、王力宏、蔡依林、S．H．E、蔡健雅、林俊傑、張韶涵等都已經是日常生活談論的娛樂話題之一。台灣的流行音樂起步較早，其中經歷校園民歌，再結和歐美的爵士、靈魂、鄉村音樂和嘻哈音樂，以及日韓的流行曲風，豐富多元，因而成為大陸流行音樂模仿學習的基石。並透過音樂的互動，兩岸同文同種的有利條件，很自然的從台灣的流行音樂擴展到：包括電視綜藝節目、連續劇等全面性的娛樂文化，讓他們從模仿到改良再創造，從而也走出了自己的路。如今大陸蓬勃發展的影視娛樂文化，可說都深受台灣的影響。

從以上文化的角度來看，台灣的成就不是幾天可以造成的。她融合了中國五千年文化的道統，承繼日本文化與歐美文化的優點，打造了一座讓全世界華人亮眼的燈塔！這是她經歷了無數次失敗與挫折，經過不斷的實踐，才有了今日令人稱道的成就。但，她絕不是完美的，也不是反光體，她所發出的光芒，卻能照亮全體中國人未來要走的道路。我很慶幸在那個美麗的寶島出生、成長，在不富裕卻很安定的環境中，接受完整的教育，我的父職輩們雖然是六十年前那場內戰的失敗者，他們退居台灣，捍衛著那面青天白日滿地紅的國旗和旗杆下的人民，讓我們安定的成長茁壯；所以，我很感恩，也很驕傲，我也願以「戰爭失敗者的一代」為榮！因為我們是來自台灣的中華兒女。

從抹紅S．H．E的《中國話》談起

——談去「中國化」後，台灣還有什麼？

據報導，來自台灣的三位美少女樂團S．H．E發表的一首新歌《中國話》，遭台灣親綠的喉舌報——自由時報炮轟為「捧中國的L．P」、「為錢拉攏民族感情」等消息傳開來後，讓海峽兩岸三地熱愛S．H．E的粉絲們感到一陣錯愕！一首新歌還沒有正式發行就被拿來政治炒作，更可惡的是，這篇報導竟用民進黨籍外交部長陳唐山的下流措辭「捧L．P」來攻擊這三位正值花樣年華的美少女！這首歌的作詞者之一，施人誠在他個人的部落格中以「台灣開始文革了嗎？」一文提出反擊，他質疑自由時報下筆的記者是「文字警察」、「文字獄卒」，專給人穿小鞋；並嗆「自由時報」說：「有本事去抨擊媽祖繞境時，那千千萬萬向媽祖林默娘下跪的老百姓啊，他們向大陸人下跪欸！」

一首新歌《中國話》，惹來了台灣文革打手的炮轟，理由無他，是歌名上有他們最忌諱的「中國」兩個字！這首歌的創作完全是為了因應今天日益高漲的中文學習熱潮，歌曲非常活潑有趣，特別是把饒口令放在流行的歌曲裡，三個天真的美少女哪知道蹦蹦跳跳的唱完這首歌，在專輯還沒有正式發行前，就遭到台灣文革份子的無情批鬥，這都是去「中國化」惹來的禍！

「中國」真的是在台灣所有認同「中國歷史文化」的台灣中國人與生俱來的原罪嗎？打我們從母親的肚子裡出生，到牙牙學語階段，到日後與人溝通的文字語言，說的都是從中國內地帶過來的「國語」、「閩南語」或「客家語」，喝的都是中國飲食文化裡慣常喝的豆漿、米乳、粥，吃的是各種麵食、米粉、粿條，唸的是四書五經、唐詩宋詞，信的是佛教、道教，拜的是媽祖、關帝聖君、保生大帝……等，從出生到老死，吸收的都是中國文化的養分，若我要說我是「中國人」，不行嗎？也就因為我們有了深厚的中國文化底蘊，我們無論使用的是任何方言，書寫各種文章，創作各種藝術作品，都能巧妙地運用累積五千年文化精髓而來的典故和成語，以及先人的智慧所形塑的色彩、造型和人文思想，成為豐富我們文化內涵的根本。這是膚淺的將「三隻小豬」列為成語的始作俑者，所不可企及的，恰是「南蟲不足以語冰」的窘境。

再看看，有多少當紅的來自台灣的詞曲創作人，他們運用取之不盡、用之不竭的中國文化涵養，來譜曲作詞演唱，成為當今流行音樂的天王、天后，難道不是因有深厚的中國文化底蘊作為後盾嗎？若要他們不用中國話唱中國歌曲（包括國語、閩南語、客語），而改用台獨主張者向以硬拗而成的南島人語言，或者平埔番語（天知道現在還有誰能說當初漢族移民到台灣時的原住民語言）來寫歌作詞，能廣為流傳嗎？借問這種鬥爭式的文革能行得通嗎？而台灣的流行歌手，能夠在全球華人社會裡獨領風騷，再起風雲成為歌迷的偶像，成為人人稱羨的巨星，甚至是卡拉OK裡點歌率最高的佼佼者，之所以如此，莫不是他們運用了人人都能接受、耳熟能詳的共同語言「中國話」呀！

若想在台灣亂搞「去中國化」文革的人，是想將中國文化徹底的摧毀，那麼有種就來開刀破四舊吧！本人提供幾個方法供參考：一、有本事就廢除中文，不要使用人家的文字，自行創造一套包括國、閩、客語、乃至獨創台灣新興民族的語文，這樣才不會與中國有任何瓜葛糾纏。二、把心一橫，將家裡來自中國的神主牌燒毀掉，徹底拋棄中國的根種。三、將源自中國信仰的媽祖廟、關帝廟、保生大帝廟、三山國王廟、觀音廟及其他各種寺廟完全封棄，另外打造一類自我的信仰，以杜絕中國文化的根苗。四、打倒孔家店，燒毀孔廟，揚棄儒家思想的毒素。如果這樣還覺得不夠，那麼就不妨將從一九四九年後，來自中國大陸的中國人——喝台灣水、吃台灣米的費用扣除下來，然後將他們趕回大陸去！因為他們虧欠台灣人太多了！

但能如此做嗎？事實是如此嗎？別忘了台灣的建設，還有一筆帳是他們在橫貫公路、在南北高速公路上、在所有重要的工程中，任勞任怨、流血流汗，甚至是犧牲生命所完成的；台灣不但欠他們太多，還不太容易清還這筆「剪不斷，理還亂」的文化經濟情感債務。若要還，還有蔣介石所帶來自中國大陸的那些鉅額金條，那是全體中國人的財產，台灣能不也一起去除掉，還給中國人？還有來自中國的故宮稀世珍寶，那可也是中國人的文化資產！如果想去中國化的那撮人自己不承認自己是中國文化遺產的繼承人，那就請以完璧歸趙方式將台北故宮裡的文物還給中國，這也是去中國化的措施之一。如果那撮人不珍惜自己留有中國文化的血液，那就請把你們早先來自中國大陸那塊土地的先祖，連根拔起將祖墳挖了，讓他們葉落歸根地回到中國去吧！

妄想搞台灣文革，去中國化的那撮人，你們已經將過去萬眾一心的台灣人（含一九四九年撤退來台的那批中國人）分化成四個族群，讓族群相互猜疑，對立對峙，進而長期鬥爭，造成經濟的大幅衰退。台灣並沒有因為你們的執政而走向希望、快樂。反而你們是在中華民國的大保護傘下，藉著Republic of「中國」的保護色，進行獨化與權力資產的攫奪；將過去領導者與勤勞的中華民國公民們，以中國人智慧，規劃經濟的發展，辛勤工作得來的「亞洲四小龍」龍頭的美譽，將台灣累積空前未有的財富，作為自己及親友們的禁臠，揮霍的揮霍，掏空的掏空，讓無辜的老百姓望而生嘆，無所適從。在你們執政的歲月裡，政治與經濟俱沉淪，自殺率高升，痛苦指數年年提高；如今更變本加厲的要將過去賴以維護生存精神的「中國思想文化」去除，這種陰險搞「獨」的舉動豈不要激起天人共憤而後已！

我們身為來自台灣的中國人，不分省籍族群，我們認同中國的歷史文化，奉勸去中國化的少數文革打手們，你們也該歇歇手了；試想中國大陸搞了十年的文革，傾全國之力鬥爭、破四舊，依然無法將中國的固有文化掃地出門，連根拔起！今天台灣的文革打手們，如果想因此而得逞，那就太小看中國人的韌性與智慧了。歷史在過去或許虧欠了台灣的中國人，但是中國的大文化精神，始終是台灣賴以立國生存的最大精神支柱！如果去除「中國化」，台灣還能有甚麼？想一想，你們有張中國文化的皮面，剝去了它，除了血肉糢糊之外，你們還能見人嗎？醒醒吧！回到中國的主流文化，做一個堂堂正正的中國人吧！中國文化絕不是中華人民共和國的專利，它是全球華人的共同資產！而且台灣寶島所保留的中國文化還是一脈嫡傳的正統文化，是全球華人嚮往仰望的燈塔！何以台灣擁有如此珍貴的文化資產卻不自愛珍惜？

所以，我要大聲疾呼：S·H·E就勇敢大聲地唱「中國話」吧！

第二篇 生活雜文

人間四月的第一天

星期五
天有點陰
但依稀暖
據說
學校將全面地解封
但依然有人戴口罩
在進入超市
在進入飯館
但吃飯喝茶
全面都解開
人心仍恐懼
究竟這兩年多來

人依然心有餘悸
不少人受到感染

今天許多旅遊點
已大致全開放了
但也有許多餐廳
但因生意太蕭條
不得不宣告破產
一場新冠大風暴
攪得大家心好鬧
加上遠地的東歐
一場兄弟鬩牆的戰爭
如火如荼地打了一個多月
造成雙方冤死了一群群人
大量的婦孺難民逃出家園
孰是孰非？

是圖利政客
是軍火商人
還是既得利益者
還是幕後野心家
我真搞不懂政治
我只是個老百姓
我不要戰爭
我恨高油價
恨通貨膨漲

人間四月了
請停戰了吧
別再漲價了
小老百姓
求求您
停戰了

止漲了
世界疫情該停了
我們已經受夠了
給我們一個真正的
人間四月天好嗎
讓愛
我們一起走出戶外
一起看雲
一起歡唱
讓愛佈滿
人間角落

不再有戰爭
不再有歧視
我們要和平
現在就要

人與情的生活雜記

之一：父子宴

三月十九日是父親的九十二歲生日，往年的此時，總是全家人熱熱鬧鬧的為他過生日，尤其是他的九十大壽，更是高朋滿座，熱鬧非凡！但今年尊父囑，他希望低調度過，因此按父親的標準吃飯時間「六點半」之前，我去了老人公寓，把他接了出來，以便能在準六點半開飯。這天他顯得有些微弱，拄杖蹣跚的跟我走出了公寓。也許因為幾天來失眠，胃口極差，突然想吃乾炒牛河，因此我們去了天普市的「新綠島茶寮」。父子二人點了「乾炒肥牛河粉」，加上父親非米飯不可的「臘味雞肉石鍋飯」，附加上一杯熱茶和我喜愛的港式鴛鴦，就這樣兩父子從毫無胃口到吃得石鍋朝天，原來他已兩天未曾吃到米飯，父親是湖南人，絕對是非吃米飯不可。他常說以前一碗米飯就一小塊豆腐乳就是一頓飯，談到今人以菜就飯的吃法很不以為然！也許這是他那一代人的說法，我自小就認同他，至今也是如此！這晚，能在他生日之夜，父子對坐共餐，真的很溫馨！遙想我十一歲那年母親離家，他成為單親把我們四個兄妹拉拔長大成人！其中的辛酸，非三言兩語可訴完！父親，我感謝您！我真的好敬愛您！

之二・表兄黃榮北

黃榮北（內人的表兄），乳名大毛，一九二五年十一月二十五日生於北京義達里的四排樓，父親黃汴生，母親張秀新。當時大毛的父親在北京市政府工作，土木工程科系畢業的，因此在修公路工程。七七事變北京淪陷，轉住天津、河間，後又走山路去河南，停留在開封三年，後又遷到西安蔡加坡，秋天日本轟炸又移到陜西去了，離楊貴妃住處不遠。不久又遷移到鄧縣，兩年後抗戰勝利，從洛河坐船到老家槐店。

大陸淪陷了，大毛跟著爺爺、二叔、姑姑家丁，南下去台灣。大舅（黃榮北之父）當時在蘭州做鐵路工程，沒能一起來。抗戰時期大舅在四川工作。

大毛三歲半喪母，有一個一歲半的弟弟黃榮西，由大姑姑帶在身邊。

從漢口到台灣，時大毛十五歲，讀板橋高中，板中畢業考上空軍官校，姑姑問他：「為何要投考軍校？有海、陸、空三種軍校，又為何要選擇空軍官校？」大毛回答，不要大姑再負擔他的學費及雜費，因大姑負擔太重了。他說他非常愛他的國家，要報効國家，大毛說：「生命創造在自己的手中，喜愛藍天白雲、自由翱翔的感覺，非常愜意。」大姑沒有話說，支持他的選擇。

在出事的當天，空軍基地派來人接去新竹基地，常時二嬸一同前去，住了三天，每日以淚洗面。回到家中，大姑處理好家中的事，又前往新竹基地把大毛的事情全部處理完畢，經過多日才回到自己家中。

之三・藤田麻希

藤田麻希是我十年前ＬＡＣＣ的學生，也是我女兒的閨蜜。回日本已經七年了！記得二〇〇九年六月我母親在日本過世，她自願充當日文翻譯，協助我家人料理了母親的後事，很令人感動。她的情義，使她成為了我們家的一員！

這次休假回來ＬＡ舊地重遊，我和女兒根據客人意願，請她吃台灣料理！她說在日本，吃的台灣料理很不正宗！在不正宗的情況下，她愛死了三杯雞！所以我們就近就去了「王品」！的確這家台灣料理，很正宗！我們點了好幾道菜，加上白菜滷當湯羹！

最不可缺的是我點的「乾煎虱目魚」！我是台南長大的台南人，小時候吃虱目魚是一年從頭到尾的家常菜！即使後來搬到了台北，每逢南下探視外婆，她總會先去買一條新鮮的虱目魚回來，先將頭尾加上竹筍、薑、豆腐煮湯，再將中間的魚身部份乾煎。哇！那真是人間美味啊！以後，到了美國就很少再吃到那個味道！這幾年來，居住的華人社區，開始可以吃到這道菜色，但無論如何，外婆煮的那個味道，已經成為回不去的滋味了！

之四：記北京二日

我到北京的班機誤點了！但耐心的接機者，九〇後的小朋友陳顯，依然一見如故地展露他真誠的笑容！延誤的午餐，兩人在「眉州東坡」的小吃部匆匆吃過。之後入住地質大學會展中心的賓館，一切處理妥當後，我們驅車去了軍事博物館找尋那被擊落的U－2飛機。結果很失望，博物館已閉館兩年，僅能在館外廣場看到部份展示的飛機、大砲、艦艇，我期望見到榮北表哥當年被擊落的U－2飛機，但僅展出了第一架陳懷生所駕駛而被擊落的U－2。失望之餘，在接待的小伙子陳顯的帶領下去了國貿旁的Starbucks喝咖啡，真的是北京！這家兩層樓的美國連鎖店，已將Original的水泥原味移植過來，再配合森林裡的圖案藝術，以及西方的古董座椅，曛黃的燈光，讓商業氣氛濃厚的辦公環境多了份文創藝術的氛圍。晚餐在樓層下的美食街，吃了蘭州拉麵套餐加上可口的小菜和飲料，感覺便宜又精緻！

睽別十六年，又回到北京語言大學！校園裡正值畢業大典，五彩繽紛的旗幟讓整個校園洋溢著嘉年華的氣氛！和北語出版社的郝運總社長，談得十分融洽，對未來的合作項目也取得初步的共識！此行最大的驚喜是見到了我從一九八六年開始使用的教科書《新實用漢語課本》的主編劉珣教授！他是我們中文教學早期的教材拓荒者！雖然已退休，依然在北語出版社保留有自己的私人辦公室，他依舊是策劃《新實用漢語課本》第一代至第三代的靈魂人物！非常敬佩他的敬業精神與對漢語教學的遠見！離開北語後，好友宗文来接，帶來兩位才女，一起去一個小茶坊飲茶，由電影人蕭小姐當主泡茶手，茶是普洱，大家飲茶暢談，又是一番精彩的話題！北京兩日劇終。

之五：海寧尋親記

此次大陸行，前往海寧是另一個重點。一九六七年九月八日，近午，一架從台灣桃園基地起飛的U-2偵察機，在浙江嘉興上空被紅旗飛彈擊落！落點在今天的海寧縣峽石鎮的一條小河畔，飛行員當場死亡！時值文革的第二年，事涉敏感的冷戰時代，因此墜機身亡的飛行員被以草蓆裹屍，降落傘繩綁綑，葬在東山的山坡下！事隔近四十九年，兩岸政治環境早已變遷，人民已經可以自由來往了。我是第一個代表犧牲者的家屬，來到這個傷心地，原址已不是過去那個荒涼的小河與山坡，當時被做為指標的老廟依舊在，四周已是所現代化的學校。經過多少次拆建，早已找不到屍骨。那天我透過十年前訪浙江時接待我們的僑聯好友張兵先生，今他已是涉台部門的秘書長，他幫我聯繫到海寧當地的前台辦主任姚建忠先生，一起到當時被擊落的地點，再到當時掩埋的小山坡，已找不到當年英姿煥發的飛將軍！殞落那年他才三十一歲，遺留下妻子與兩位三歲與五歲的稚女！冷戰期間的敵我意識，造成了多少冤死枉死的孤魂！站在這塊傷心地，我燃起了三柱香，代表家屬憑弔這位素未謀面的親人，想告訴他，遠隔海峽彼岸的親人與新大陸的大姑、堂弟、表兄妹不會遺忘您在大家心目中的永恆印象！即使沒有您的遺骸，您的靈魂依然存在我們心靈深處！

由於我熱愛文學，姚先生特意領我去了詩人徐志摩的墓地，他的遺骸在文革時亦遭受迫害，新的墓地只是其衣冠塚，兩束設計的很詩意的花束，躺在詩人的墓碑前，聽說不少志摩的粉絲，常來此朝聖。之後，再去了徐志摩故居，那是一所中西合璧的四合院落，陳列了他一生中幾個階段的事蹟陳物，看到了張幼儀的溫柔婉約，一個善解人意的傳統婦女，也看到了浪漫不羈的陸小曼，在這屋裡也見到徐志摩與林徽因的隱約之淡淡愛意！詩人一生多彩，留下現代文學史上的美麗佳話！

在此，感謝幫我尋親的好友張兵秘書長與對當時情況最權威、也最深入了解的姚建忠副部長！海峽兩岸同屬一家，希望兩岸能和平相處，攜手合作，共創美麗富強康樂的新中國！

之六：孫中山先生故鄉行

我從小就是孫中山先生的崇拜者，大一那年的新生訓練，我宣誓加入了中國國民黨，成了他的忠實信徒！昨天拜電影製片人楊子建之賜，終於走進了他的故鄉——中山縣翠亨村！他為了圓我的夢，特地從北京飛來廣州，再由他的哥哥楊子良駕車來高鐵站接我！想想我何德何能？從北京一路經上海、海寧，再到廣州、宜章、永興、長沙、中山，沿途都有貴人相助，在在都令我感動萬分！上午的早茶還請了楊家七十八歲的母親和子良的妻子及襁褓中的小女兒參加，精緻的廣式點心、自泡的普洱菊花茶，吃的津津有味，還自然的流露出一家團圓的氣氛，好是溫馨！

小時候讀國父 孫中山在翠亨村的故事，對他救國救民的偉大情操，敬佩不已！今天下著濛濛細雨，國父故居顯得十分青翠！古意盎然的典型南方建築，參雜些許西方建築的元素在其中。那優雅的建築與靜謐的庭院散發出一種幽古的氛圍，令人不禁對這個小村裡曾經住過一位千古偉人而肅然起敬！中山先生毫無疑義，就是海峽兩岸及世界所有華人都公認的偉大革命家，近代亞洲民主共和國的締造者！

出了國父故居，和子良、子建兄弟在外頭的小店，品嚐了當地的名產—神灣菠蘿，這是我見過最小的菠蘿！汁多微甜，饒富南國的滋味！除了「好吃」，也沒有任何形容詞可取代了！

在此，我感恩子良與子建的熱誠接待！

之七：台灣愛飛揚國際文化教育慈善交流巡演暨感恩之旅

無情荒地有情天，一個充滿大愛的台灣僧侶，在非洲大地上收養了一群棄嬰，以佛教的慈悲精神，揉合了中國文化博大精深的元素，教育出這群來自非洲的小朋友，在舞台上呈現了能說、能唱、能舞之外還能「武」的才藝！如果您閉上眼睛，絕對無法相信這些操著流利中文唸著弟子規，唱著中文歌曲的小朋友，竟然是來自遙遠的非洲，與我們族裔截然不同膚色的小朋友！

熟悉的國語歌曲《鄉間小路》加上閩南語歌曲《車站》與《身騎白馬》出自一個非洲小帥哥和非洲小美女的歌喉，我不禁要驚嘆一聲「哇」！從小被中華文化薰陶的小孩，能有如此演唱水準！真要讓一些唾棄自已文化、過分崇洋媚外的國人汗顏了！

非洲孩子生龍活虎的武術表演，硬功、氣功、對打更是活力四射，令人嘆為觀止！《You raise me up》唱到令人情緒激盪！想想非洲有不少飢餓的幼童，在生死邊緣中掙扎，然卻有ACC Good Will Mission在那裡為他們獻出愛心，給孩子們生活與教育，真令人敬佩與感動！

今晚這些非洲孩子的演出，令人情緒激動，內心澎湃不已！感謝法師和所有愛心奉獻大愛的人士！人類的愛無國界，亦無私無悔！

之八：彈起吉他 讓我又憶起戀戀風塵的陳年往事

大二那年，在華崗文化大學大禮堂的一場西洋民歌演唱會中，稚嫩羞赧的我，望著台上令人欣羨的潮男、潮女—賴聲川、胡茵夢和其他兩位不知名的歌手，彈著木吉他，吟唱著當時流行於校園的美國民歌，印象中，還在大學念書，青春灑脫、不施胭脂的才女胡茵夢烏黑的長髮，不斷在音符中隨歌飄動！深受氛圍強烈地感染，從那一刻起，我立志要學習吉他彈唱！

於是，我在文化自助餐廳洗了一個月的盤子，開始擁有了生平第一把木吉他！又買了一本那時奉為武功秘笈的《民謠吉他》教本，也就無師自通、自我感覺良好地彈唱起民歌來！老實說，在無人指導，又不知套路的我，竟也在吉他的伴隨下，度過了一個風花雪月，絢麗如夢的大學生活！

來美留學前，為表破釜沈舟的決心，吉他忍痛送給了好友！接著來美進入了大學研究所，在繁重嚴苛的課業與生活壓力的煎熬下，吉他與我也就漸行漸遠了！

後來，在大學教書，為了激發學生學習中文的樂趣，且音樂配合教材成為學習語言最好的方法，於是又開始在教室裡彈奏起吉他來！

近來，半調子彈吉他的我，只是閒來自娛自樂一番！這次在好友邀約下，參加了《茶與詩歌的碰撞》雅集，應景彈唱了一下古詩與現代小詩，附加上一首英文經典民歌，算是拾回大學時代的一點點記憶！

之九：八一五勝利紀念日

今天，八月十五日，是一個值得每個中國人都應該記得並且慶祝的大日子！因為七十一年前（一九四五）的今天，長達十四年的抗日戰爭正式結束！

一般人的觀念都認為對日是「七年抗戰」（一九三七—一九四五），但事實上，日本對華的侵略戰爭長達十四年！根據史實，應從一九三一年的「九一八事變」算起，「九一八事變」起因於日本關東軍以東北軍炸毀日本修築的南滿鐵路為藉口，出兵侵占瀋陽；由於張學良下令「不抵抗」，導致在短短三個月之內東北全部丟失。也因這事件，使得日本國內的主戰勢力驟升，尤其是駐紮東北的關東軍，野心更是熾熱！他們認為中國軟弱，且國內也在軍閥割據勢力的餘孽下紛擾不安，當時的國民政府根本無力他顧。所以，在日本關東軍的扶植下，於一九三二年三月一日成立「滿州國」，日本軍國主義者也就以東北為根據地，展開這場長達十四年的侵華戰爭！

而這場關係中華民族生死存亡的戰爭，尤其一九三七年七月七日「盧溝橋事件」開始，日本以猛烈砲火轟擊宛平城守軍，開啟所謂的「八年抗戰」之戰端；讓中華民族蒙受侵略者的猛烈攻擊和殘酷屠殺，導致無數的家庭破碎、顛沛流離，死傷人員無計其數，造成國人生命與財產巨大的損失。幸好全國軍民在戰場上對日本侵略者頑強而持久的抵抗，牽制了日軍征服世界的野心，以及中國遠征軍配合盟軍在滇湎戰線上取得了勝利！最後，在美國於日本投下兩顆原子彈的震撼下，終使日本裕仁天皇無奈宣告：無條件投降！

今天是一個值得海內外中國人共同紀念的日子！八月十三日，洛杉磯僑社就自動自發的舉辦了慶祝抗戰勝利的勳章特展與演講會，特別是難得一見的抗戰時期頒發的「青天白日勳章」，以及其他不同等級的勳章。由於年代久遠，早已呈現出褪色與斑駁，但令人勾起歷史上「一將功成萬骨枯」的無限聯想！除了向勝利的將領致敬外，更要向所有犧牲的無名英雄們，致上最高的敬意！

我們可以原諒真心懺悔的敵人，但千萬不能遺忘那段足以亡國滅種的苦難歷史！

之十：城裡的月光把夢照亮

一直以來，總夢想希望某年、某月的某一天，能在某大都會的最高層，建一所頂上瓊樓玉宇，室內沒有任何隔間，卻具有各項功能的個性空間，一個人在月光下，望著星空，俾倪四周燈火通明的樓層，宛如朕之君臨天下，傲視群倫！那成就感、那種境界已是「讓幸福撒滿整個夜晚！」

週四晚，應友人陳氏夫婦之邀，乘雲霄梯登上了五十四層高的 LA City Club 大樓，來到這個屬於會員制的名流俱樂部。存著見世面的好奇心態，來到這個傳說中的高檔政商雲集的會所，的確不少衣衫光鮮亮麗的紳士淑女，穿梭在燈紅酒綠的大氣氛圍裡。我不是一個長袖善舞的社交高手，確是社交場中的觀察員，研究生時代學的是行為科學，所以對人在舉手投足談吐間，有一份濃厚的研究興趣！不管是內心的真誠與虛假，心中的愛與恨，在這裡可以一見端倪！

在這裡，最享受的是月光下的都會，那燈火通明的落落樓群，年輕時曾經有的夢，在腦海中慢慢勾起，雖然是有夢最美，也知不可能實現，但我樂在其中，也給自己一個最不現實的享受！感謝當晚陪我回到舊夢的幾位好友！

幸福的月光，已灑滿我整個夜晚！

今晚！我們一起去墓園看畫展

今晚的畫展很另類，畫家曹勇很詭異的把一群中美藝術愛好者吸引到了格蘭岱爾的《Forest Lawn 紀念墓園》裡的博物館，和大家一起觀賞他豐富炫麗的藝術作品。

驅車在盤桓而上的車道上，一片充滿歐洲情調的山林草原，車道兩旁的草地上躺著一列列整齊有序的墓碑，車左拐右拐扶搖而上，最後見到山頂上一座碉堡式的教堂。停好車，走入博物館，中庭內已有媒體和來賓引頸企盼的等待著今晚的主角——曹勇的到來！不一會兒，曹勇在美國海軍陸戰隊隊員與警衛的簇擁下進入中庭，登上主席台！就如此這般地拉開了今晚藝術盛會的序幕！

平生第一次來到這塊介乎陰與陽的山坡上參觀畫展，尤其是夜晚，還覺涼颼颼的！還好來賓的熱誠，讓今晚的氣氛夯到熱點！今晚不期而遇的出現不少熱愛藝術的好友和以前教過的學生，尤其更難得的是一位超過二十五年不見的好友，直喚著我的名字，讓我驚嘆不已，瞬間回想，原來我們曾是八十代每週必聚會一次的文藝青年！如今《文藝》依舊，只是《青年》已不復回矣！

曹勇的作品都是油畫，色彩十分強烈，無論畫風景、人物或建築，都顯現出他紮實的繪畫功力！他的題材的確很國際化，他自稱為「世界公民」，並不為過！

人潮過後，走進寥寥沒幾輛車的停車場，發動引擎後，我在黑暗中慢行摸索下山，開車在前頭，竟然有幾輛車跟隨著，也許黑暗中的路標不清，讓我走失了路，只好再折回，連累了盲從的跟隨者！在黑暗中繞了幾圈，心慌慌地擔心找不著出口，尤其失落在陰森森的墓園裡，最後在遠方的燈火指引下，終於找到了出口，也鬆了口氣！老實說，當時的我真的是小生怕怕！

走到燈火通明的格蘭岱爾大街，忽然間想到先前有人告訴過我，《Forest Lawn 墓園》安息了前總統雷根的前妻珍慧曼、玉婆伊莉莎白泰勒、和麥克爾傑克遜等名人。博物館是名列前五名的著名博物館，她收藏了世界最巨大的油畫《耶穌受難圖》，還有《耶穌的最後晚餐》彩繪玻璃窗。最後感謝曹勇老師別出心裁的把大家帶進這個藝術的殿堂，原來在人人忌諱的墓園裡也能展示出如此美妙的藝術作品，讓我真正感受藝術超越生死的魅力！今晚，我已經不覺得這是個詭異的藝展了！

我是一塊磚

我願是一塊磚，一塊毫不起眼的磚！粗粗糙糙的表面還參雜點暈暈的紅粉。我有六個面和八個方方正正的稜角，讓我可以與其他的磚頭做方方面面的銜接，不論是上下或者左右、前後，只要是跟我長得大小一樣，我們就可以和上水泥連砌成為一道牆，若果再把牆連結起來，上了樑與木板，再在頂上鋪上一片片的瓦和脊梁，就是一棟可以棲身的房子！再高端一點，我們可以被蓋成豪宅，或是宮殿！

古往今來，一塊塊志同道合的磚被結合，在建築師的精心設計下，創造了偉大的古文明！在中國可以看見綿延山頂數千公里、浩瀚偉大的長城！在埃及的尼羅河畔，可以看到用巨大石磚疊疊而上聳立雲霄的金字塔！在希臘、羅馬的偉大帝國中，我們一塊塊的磚則堆築了雄偉的神殿與富麗堂皇的宮廷樓宇！在歷史的長河中，一塊塊的磚締造了昌盛的歷史文明，也永遠成為了承擔重負、堅固不移的文明進步的標竿！

眾志成城，小磚也能堆疊歷史文明的高峰！今天，在文學與傳承的歷史與使命感召下，建築師王曉蘭女士成立了《美國人文磚基金會》。成立的初衷是以「拋磚引玉」的方式，來結合所有志同道合的磚友們，一起來堆砌現代人文的長城。

一塊磚也許只是街頭上一塊不受矚目的磚石，但若能引來各路磚友們不斷地匯聚加入，就會成為一股不容忽視的凝聚力量——不動如山呢！《美國人文磚基金會》成立以來，我第一次參與過的活動是二〇一三年那場《與白先勇有約》——文學與歷史：從《台北人》到《父親與民國》，文學大師白先勇以他在文學創作的點線面加上他對現代史見證，侃侃道來他父親在民國時代所擔任的時代角色，大師的風采吸引了大批的讀者前來傾聽。這是一場設計精美、演講者也精彩的文學饗宴！

二〇一四年的《弦外之音》，又是另一場詩歌盛會，旅居加拿大的老詩人瘂弦，搭配現為北加州知名藥師與營養師的「校園民歌之父」楊弦，讓詩與歌在舞台上產生了美麗優雅的火花。老詩人瘂弦創作不懈的精神，對文學傳承的殷切期盼，令人由衷的敬佩！睽別已久的「校園民歌之父」楊弦風采依舊，不減於當年在台北中山堂，率先唱起我們自己創作的民歌手。那一年，他以余光中、鄭愁予的詩，創作了具有濃烈中國風的校園民歌，有年輕人的浪漫情懷、有懷舊的追憶，也有濃郁的煽情，令人印象深刻！那晚，他將瘂弦的詩譜成了歌曲，彈著吉他配合台大合唱團，將詩與歌的結合，發揮的淋漓盡致，為當晚的盛會 High 入了高潮！

二〇一五年再度結合了南加州一帶的文學社團與學術團體，開啟了文學與電影結合在一起的新局面。好幾度贏得金馬獎最佳編劇盛譽的編劇張永祥先生，以及金馬獎影后的影壇長青樹歸亞蕾，首先走進了南加州大學的校園，由詩人教授張錯主持了一場與美國大學電影系教授與文學教授的罕見對話，吸引了美國主流人士的側目！當晚的電影與文學藝術節晚會現場，眾星雲集，息影多年的老牌影帝、影后、硬裡子演員如楊群、王冠雄、胡燕妮、蔡慧華、谷音、吳兆南、羅興華等紛紛走進了大會的紅毯。這些演員各個風采不減當年！尤其是年逾八十的影帝楊群，在台上的風采就是巨星的風範，他的談吐就像銀幕上的溫文儒雅的小生「羅聖提」《塔裏的女人》、衙門裡升堂的「小衙役」《破曉時分》、《揚子江風雲》裡的「長江一號」！曾與楊群在「庭院深深」裡合演男女主角的歸亞蕾，談起過去幾十年的影壇往事，就好像是昨天剛發生的事，歷歷在目！歸亞蕾在晚會罕見的唱出她在銀幕上初次獻唱的電影主題曲《庭院深深》時，大家才回轉過來，原來她才是這首歌的原唱者！當晚，讓全體觀眾們回味了昔日台灣電影盛況的點點滴滴，讓大家更珍惜我們過去一步一腳印的去創造無盡的文化遺產！

一塊磚，不足為奇，擺在路旁不會引人注目，但一大群磚堆在一起，即使是「廢墟」，也一定引人側目！但若一群廢墟似的磚堆在建築設計師的精心規劃與工人們辛苦的砌築後，那可能會是一項了不起的偉大工程！我願是一塊磚，貢獻小我微薄的力量和所有志同道合的磚友疊合在一起，以成就為一座造福人群的人文建築，因此而成為慰藉人類心靈的精神巨塔！我願意無怨無悔的將我自己化成一塊磚，與您一起構築人文巨塔的一塊磚！繼續努力創造一座座屬於我們人類文明的長城，恆古永存在人類歷史長河裡！

那一天我在台北

二〇〇八年的三月二十二日清晨五點半，我搭乘馬航班機抵達了桃園機場。這應該是最後的幾個班機，載來了一群群和我一樣滿負使命感的海外選民，在歷史的關鍵時刻，為了愛台灣這片土地和人民，暫且拋下僑居地繁重的工作，將平時省吃儉用的錢換成機票旅費，回到這個曾經栽培過他們，讓他們成長茁壯的家鄉，以最實際的行動來表達他們愛鄉愛土的情懷，來改變這個歷經八年浩劫，而逐漸沉淪的美麗家園。

那天早上的高速公路，竟出奇的平靜，收費站也暫停了收費，一路暢行無阻。也許昨晚亢奮的選前之夜，讓激情的群眾疲憊的回到家裡，在漫漫長夜中靜靜地等待黎明的到來。下了高速公路，進入了市區，街頭上鮮明的選舉旗幟迎面而來，有紅、有藍、有綠。令人奇怪的是，過去的深綠，變成了接近淺藍的淡綠，而且敵對的雙方都交互使用，唯一可辨識的是候選人的競選號碼①號或②號的區分，大選的宣傳戰，在顏色上的混淆難辨，令人有撲朔迷離眼花撩亂的感覺。看的出，這次的馬蕭陣營，針對謝蘇陣營的戰略，大有見招拆招，你玩甚麼？我也跟著玩的反制動作。反正顏色也沒有專利，為了打贏選戰，國民黨的策略也比往日更靈活高明了許多，你玩公投入聯，我就玩返聯公投，你擊掌，我也擊掌，你反戴帽，我也一樣跟進。尤其是事關國計民生的經濟議題，一直是扁政府的痛腳，從嫁女兒、娶媳婦講到快卸任，「拼經濟」成了光說不練的口頭禪。但這次「救經濟」成了藍軍主打選戰的主軸。就這樣你來我往，雙方展開了激烈的攻防戰，你出了四個蠢蛋，我就冒出個大壞蛋，你說你們回國來站台、投票的「明星」多，我就要選民不要把他們當「人」看，「台灣人選台灣人」、「保衛本土政權」的這些挑動族群對立的陳腔濫調的老套，依舊有人在喊說，但這些言行都活生生地看在選民雪亮的眼睛裡！就等早上八點鐘聲一響，大伙擁進投票所，將這個積壓多年的怒火，藉著民主的力量來改變這個令人厭惡已久的現狀，所以期待著這個時刻的即將到來！

七點整，和小妹、妹夫，走在戶藉所在地的中和市街道上，行人仍寥寥無幾，只有騎樓下的幾家早餐店，疏疏落落地坐著幾個用餐的客人，當然為了填飽肚子好去投票，我們也坐了進來。七點三刻，為了搶先領選票，我們匆忙趕到了中和國小的投票所，那時已經擠滿了排隊的民眾與現場維持秩序的警察和監票人員。相較於美國的投票所，這裡可真熱鬧多了。中和國小附近，是我青少年期間，生活的中心，向來以本省籍的民眾居多，很容易令人感覺是綠營的陣地，以前曾是國民黨的立委、後改投民進黨的趙永清，就是此地與我同時成長的名人，這個區域應該是綠營的票倉（但是當晚開票的結果，台北縣轄區竟然空前的大勝！）。那天我領了總統、副總統選票，但拒領了那無聊的公投票，隨著一個接一個的選民魚貫地走進圈選區，我小心翼翼的在②號候選人的上頭蓋上戳章，再吹乾了，折好投進票箱。哇！突然間，一種完成神聖使命的快感油然而生，我終於遂行了我一介海外遊子，多年來心向台灣、關懷台灣的心願！也為台灣的未來福祉投下了寶貴的一票！

走出了投票所，全身開始輕鬆了起來，回想選前在美國的那幾個月，每天一得閑就查查網站上的選情概況，要不就釘著看衛星電視上播放的最新消息，看到民進黨那些無中生有的抹黑、抹紅、抹綠卡的奧步，就令人痛恨起台灣由來已久惡質的選舉文化，民進黨在陳水扁八年的執政下，對其個人及家族之惡行惡狀，「罄竹難書」絕對是最貼切的經典形容詞。民進黨曾排名見經傳的「人才」，皆按順序紛紛粉墨登上執政的舞台，但沒幾年，甚至沒幾個月，有的就因貪污舞弊被起訴，也有因無法揣摩上意，不討喜，而中箭下馬，其換人做做看的速度之快，令人嘆為觀止。試想，一個操守敗壞的領導人及其家族，不僅無德、無能，更是隻毫無國際觀的井底蛙，再伴上一群弊案連連的跳樑小丑，如何治理國家大政？加上不認同中華民國法統，卻頂著總統、副總統的光環，享受國家的優厚俸祿，甚至狂妄到宣示中華民國已經不存在，這樣的國家領導人，踩著民主先驅的血跡，享受民主的果實，肆無忌憚的摧殘歷史、踐踏真理、顛倒是非黑白、鼓動族群仇恨對立。即使推出的候選人繼續以奧步僥倖贏得大選，民進黨可以上壘執政的人已大都耗盡，能上台的人也屈指可數，想想，將台灣交給這樣的政黨，能令人信服嗎？我深信台灣經過幾十年的民主陣痛，已經吸取了足夠的切身經驗，對於自己未來的前途，絕對會用自己的智慧和理性來判斷以做最正確的抉擇。

從早上八點到下午四點，我觀察到我去過的每一個投票所，都看見成群的選民進進出出，而且表現的井然有序，維安人員與監票人員也真的做到滴水不漏的程度，即使你想在外頭拍照留念都會受到制止。這和美國的選舉相較，絕對是熱鬧有趣。全國在這八個小時的投票時間裡，也和過去兩次總統大選不同，過去那種劍拔弩張的火藥氣氛減少了許多，人們的臉上充滿了自信的樣貌，似乎是心中已經有了理想的人選，並且很理性的去行使公民的權力。這時，我發覺台灣的民主真的成熟了！民主的習慣也養成了！想想，離開了二十六年的台灣，首次參與了這次具有歷史性的總統大選，讓我這個海外遊子，有幸盡了多年未曾履行的公民義務，讓我們時時關懷台灣，愛護台灣的心願在這次回國投票中，得到了實現。可說是與有榮焉！不虛此行矣！

下午四點鐘響，各投票所停止投票，並隨即開箱唱票，雖然仍用人工唱票計票，但速度之快，令人印象深刻！電視上，不時的轉換雙方的得票數，讓人不得不屏息端坐著注視電視上的每個畫面。為了求得正確的數字，我們經常轉換不同的電視台，甚至查看親綠的頻道。奇怪的是，聽說過去兩次選舉，親綠的頻道總是虛灌票數，令人眼花繚亂，甚至還誤導選情，今年卻很詳實的報導，頗讓人懷疑其轉變的態度是否已預知藍營勝券在握？並且還搶先播出祝賀馬蕭當選的賀詞。尤其一開始就一路大幅領先的馬蕭，絲毫沒有讓謝蘇有超前的空間，因此在六點半左右，馬蕭已經過半，總部已開始準備自行宣佈當選。一聽到消息，在極短的時間內，馬蕭總部湧入了大量的支持人潮，我也在七點半前，搭捷運趕到位於愛國西路的馬蕭總部。一出捷運站，遠遠的已經看見高高衝飛的煙火，不僅到處鑼鼓喧天，鞭炮乍響，過去常在電視上聽見選舉造勢場上廣被使用的瓦斯鳴笛，有節奏的隨著演講者的脈動，大鳴大放起來，其聲音之大，可說是震耳欲聾。這是我生平第一次親耳聽見這麼熟悉的聲音，而且是在那感人的勝利時刻！

走進幾乎無法再擠進去的總部廣場，群眾的情緒已經 HIGH 到最高點，有人高聲歡呼，有人激動落淚，有人手舞足蹈，人手一面國旗，或一手拿著剛出爐的號外，襯托著迎風飄揚的大面國旗和黨旗，一片旗海、人海，歡欣鼓舞！很奇的是，那天晚上，真的變天了，濛濛的細雨，夾著激動的淚水，好像這一夕間已經洗刷了八年堆積在心裡的塵埃。當馬英九以「從感恩出發，從謙卑做起」，發表當選感言時，群眾每聽到一段落，就是一陣陣歡呼聲和瓦斯鳴笛聲起。當馬英九說到「大家忍了八年，苦了八年」時，說出了大部分台灣民眾的心聲。頓時，每個人幾乎把積壓在內心的苦悶和怨氣，在此時此刻，大口大口地將它盡情地爆吐了出來！這真是一個令人一生難忘的夜晚。

那天晚上，離開了馬蕭總部，走到年輕時常去逛的西門町，那裡也擠滿了逛街、購物、上館子的人潮，人們似乎不約而同的走出了家門，在外慶祝一個嶄新局面的開始。聽陪同的老同學說起，很久很久沒有看到這麼熱鬧的場面了，彷佛今晚的變天，帶動了一個復甦時代的開始，整個社會彷彿又恢復了往日的朝氣與秩序，可以開始正常的運作了。在差五分鐘就十二點的那瞬間，我開始冷靜的思索，馬英九的當選，代表一個世代交替的開始，也是一個責任政治的開始，他將會超越族群的藩籬，身負全民的寄託，以生命捍衛中華民國和台灣的斯土斯民！相信他的總統之路，將會是格外的「任重而道遠」！但願天佑我巍巍大中華！佑我美麗新台灣！

愛無限——

序宗錦兄心底的《美國新家園》

宗錦兄醞釀多時的《美國新家園》，終於要出書了！這是他踏入美洲新大陸後，就開始將他移居新家園後所想的、所聽的、所經歷的、所感受的點點滴滴，用他充滿靈性的筆鋒寫下了一篇篇在美國生活的心路歷程。

說句心裡話，能為他的書寫序是我至高的榮幸！只因宗錦知我，我也知他，尤其是與他相濡以沫的愛妻愛娟嫂！認識他們夫婦，應從一九九六年說起，那一年的一場台灣大選，基於珍愛台灣鄉土的共同立場，還加上愛娟嫂和岳父在台北公職的同事關係，我們有了因緣際會的交集，而成了理念相同的朋友！多年來，我們不一定經常見面，但也常在許多社區活動裡碰頭，一直到他以會長的名義，介紹我進了北美南加州華人寫作協會，再提名我擔任副會長，再而當選為會長、連任會長，他又由我會的會長任滿後，當選了北美總會的會長，我們從共事關係，昇華到了共生的關係！尤其他在我任期內，對我的提攜與輔佐，讓我從一個開始懵懵不懂的會長，慢慢的成為熟諳會務與人際關係的會長。

與宗錦兄相識、相知共事多年，除了文學活動外，也常見到愛娟嫂，她溫婉誠懇待人的親和力，一直是所有認識她的人，永遠烙印在腦海難以忘卻的印記；尤其是她從事業成功的巔峰，突然轉變成為失智症的患者，這對宗錦兄與家人是個極為沉重的打擊！但他卻勇敢而從容的承受了這個事實！由於命運的轉折，毫無疑問的，愛娟嫂成了他《美國新家園》的軸心，他生活中的一切皆以妻子為中心，儘量帶著她參加活動，悉心的帶著她搭遍遊輪，讓她也能和一般人一樣過著正常人的生活。隨著愛娟嫂身體一年年的惡化，宗錦兄始終不離不棄的牽護照顧著她！這本書講的是情，情深深地繫在兒孫、夫妻、親人、朋友、天地、旅遊、環境之間。每一單元的文章裡，真情流露出他對天地萬物以及人文接觸的認知與感受，彷彿愛無限一般，點點滴滴的注在他心思與能力所及的地方！從家裡的寵物到海邊餐廳老闆的描述，他都能鮮活的呈現出他內心的世界於其錦文中。

宗錦兄除了《美國新家園》之外，他另一個家園是《文苑》。從他接手北美南加州華人寫作協會後，這本代表協會精神的刊物，有了嶄新的風貌！基於他在台灣時曾編纂過《台北房屋》的豐富經驗，他在《文苑》的編輯上有了革命性的改變，不論文章的篩選，主題的確認，美工圖案的巧妙運用，紙張與印刷的用心，都堪稱海外文學刊物的經典！宗錦兄是守望《文苑》的忠實園丁！每逢年底前就開始與協會同仁一起做徵稿、選稿、定主題、編輯、校稿、從一校到十校，到找尋廣告贊助、籌措印刷經費等，都巨細靡遺的一一參與其中。一切準備就緒，送到台灣付梓印刷。他那不辭勞苦的園丁精神，讓《文苑》這個新家園變得璀璨奪目！尤其是在召開新書發表會前，他親往台灣，搭機帶回重重的十箱《文苑》，當他打開一本本《文苑》雜誌展現在眾人面前，就如接生婆懷抱著初生嬰兒般的喜悅，令人動容！

序寫在《美國新家園》出版之前，除了祝賀，就是心靈上的感動，感受宗錦兄對愛娟嫂無怨無悔的細心照顧，感動他對親人的熱愛，對朋友的友情，對天地萬物的禮贊。對來到《美國新家園》或沒有來到《美國新家園》的讀者朋友，書中的人物、景觀、親情、友情都是可以讀入內心深處的精神食糧！在此，懷著喜悅與期待的心情，迎接這本書的早日問世！

側寫廖茂俊

美西華人學會會長廖茂俊不單擁有歷史、人文學者身份，也是不折不扣的電影迷，是南加社區頗為出名的達人。在他家中，擁有數百片中美電影珍藏，平時休閒是細細咀嚼銀幕的片段，解讀編劇、導演和演員傳遞的訊息。

「從早期的錄影帶、大型LD、VCD、DVD到藍光，各種題材和類型我全收編，至今電影收藏仍持續增加中。」廖茂俊對電影的研究與熱愛，可從他一九九〇年擁有一個中文廣播節目得知，他每日會向聽眾介紹各類電影和配樂，讓大家認識好萊塢電影工業的神奇，獲得熱烈迴響。

這幾年隨著時代轉變，從早年的BETA、VHS錄影帶，轉為體積較小的光碟，還有些電影或配樂被轉成影片檔收在電腦硬碟，「若把以前捐出的錄影帶和光碟算進去，起碼有好幾百部電影。」

他幼時因父親與戲院的老闆結識，所以可以免費入場，促成他與電影結下不解之緣。遍數個人收藏，他坦承偏愛史詩巨作，最愛的人物是羅賓漢，最欣賞的導演是大衛連（David Lean）。如《阿拉伯的勞倫斯》、《齊瓦格醫生》、《桂河大橋》，以及《賓漢》、《十誡》與《萬世英雄》等史詩巨作都百看不厭，且每次觀看的感受都不盡相同。廖茂俊提到，好萊塢電影拍攝的題材、手法、技術等都不斷推陳出新，早年多以大英雄主義為主，片中美軍裝扮帥氣從不吃敗仗，是正義的象徵。直到一九七〇年越戰後，開始出現法外英雄、反戰等題材，原住民（印地安人）也從西部片裡的反派，變成與英雄出生入死的夥伴。

為收集電影，走訪電子百貨和上網，成為廖茂俊閒暇的主要節目。他說，收藏電影光碟花費低廉，趁折扣時下手，一張頂多四、五美元不算貴，尤其現代人喜歡上網看電影，光碟價格屢屢下探。看電影好處，除滿足個人幻想，他說對學習英文有莫大幫助。他會先關閉字幕看片，之後再打開字幕重看一次，將遺漏的情節補足，順帶把不懂的對話熟記，藉此強化英文能力。

廖茂俊在社區曾開設多場有關電影的講座。

現於洛杉磯社區學院任教，是他最愉快的人生時光，在這裡可以打開窗戶遙望山頭的好萊塢看板（Hollywood Sign），感覺是既夢幻又踏實。此外，利用華語電影引發學生對中國文化的興趣，也是他教中文的獨門秘招之一。

（本文摘自美洲世界日報記者陳光立的報導）

當諾貝爾愛上莫言

莫言之所以叫「莫言」，是為了提醒自己不要亂「放炮」說真話，告誡自己少說話。他願意以「沉默似金」的寫作方式，將他生活中所見到的、聽到的、感受到的，經歷到的種種，一點一滴的把他自己過去成長的鄉土、經歷過的歷史變遷、社會的大小脈動，羽化成一行一行的文字，傳播給讀者。只要讀者一打開書、甚至手指點擊今天的 i-pad、Kindle，就可以輕鬆的見到莫言所要傳達的信息，從早期的《紅高粱家族》、《豐乳肥臀》、《檀香刑》、《四十一炮》、《生死疲勞》到近期的《蛙》。他獨特的寫作風格、細膩的觀察、超敏感的題材、尖銳的反思、犀利的言語、魔幻式的狂放，在在打動了讀者的心靈神經，最後竟然打動了舉世聞名的諾貝爾文學獎的評審，瘋狂地愛上了這個在神州大地的泥土中蹦出來的奇葩！

對於一個已經在國內外得獎無數，享譽華人世界的作家而言，當二〇一二年十月十一日下午一點，諾貝爾評審委員會常任秘書彼得・恩龍德宣佈，本年度諾貝爾文學獎得主是身在中國大陸的作家莫言時，全世界的華人都譁然、振奮了！誠然，在二〇〇〇年，第一個諾貝爾文學獎的華人得主是定居在法國的作家高行健，他的作品《靈山》受到諾貝爾評審委員的青睞，成為有史以來，第一位獲得文學獎的華人。但，由於政治的敏感因素，他得獎的消息，在神州大地上，猶如一根掉在地毯上的繡花針，寂然無聲。歷來，不少華人獲得了諾貝爾獎，都是以科學獎項為主，文學獎幾乎是歐美文學作家的天下。也許是東西語言文化的隔閡，亞洲的文學作家獲獎者，可說是寥寥無幾。自一九〇一年起至今，屈指算來，亞洲的作家獲獎者有：一九一三年印度的詩人泰戈爾、一九三八年以中國農村為題材寫作的美國女作家賽珍珠、一九八六年的日本作家川端康成、一九九四年的日本作家大江健三郎。中國的文學作家從五四時期推動了新文學運動以來，也孕育了不少大師級的作家，被提名的都是現代文學史上赫赫有名的人物，包括老舍、沈從文、林語堂、巴金和女作家張潔，但都與諾貝爾文學獎無緣。對於高行健與莫言的得獎，的確提升了華人作家在世界文學的地位，打破了華人在這個號稱文學奧林匹克運動競賽中零的記錄！

第一次看到莫言的名字，就有一種莫名的感覺，那是在張藝謀導演的第一部電影《紅高粱》，開始排列在銀幕上的兩個大字：原著「莫言」，電影開始之後，鏡頭帶領你進入一種莫名的寧靜，幾個轎夫抬著新娘的花轎，在鄉間小路上，嗩吶聲和吆喝聲交雜中，逐漸進入神秘的高粱田裡，熾烈的陽光與曬紅的高粱穗子，散發出一股高粱的濃香，一段不倫的男女情慾就在高粱田裡莫名地爆發。那時，正是日本侵略者的鐵蹄踏入了無辜的中國農村，以慘無人道的酷刑來對付手無寸鐵的善良百姓。這是他爺爺奶奶沒有戀愛就開始的故事，後來演變成一段紅高粱家族的滄桑史。他是一個很會用小說講故事的作家，他既狂放又富有想像力，善於寫男女情事，來刺激讀者的感官。尤其是他那種魔幻而帶詼諧的寫實手法，是華人作家裡少有的。他的原著除了《紅高粱家族》外，還有二〇〇〇年的《幸福時光》都由張藝謀親自導演；還有二〇〇三年的《暖》改由霍建起導演。與其說，張藝謀造就了莫言，倒不如說是莫言成就了張藝謀！今天張藝謀已成國際知名的大導演，而莫言贏得了二〇一二年諾貝爾文學獎的殊榮。兩人相益得彰，都堪稱是今天文學界與電影界的翹楚。

莫言，絕對是個低調而謙卑的文學家，在領獎前的記者會上，他認為「得獎是個人的事情」，但也希望自己的獲獎能「對中國文學起到一個積極的推動作用」，希望把對他的熱情，轉移到對中國廣大的作家身上去；也希望能從閱讀莫言一個人的作品，開始閱讀更多人的作品，如此肺腑之言，他著實就是一個謙虛但富有使命感的華人作家。但對於他的得獎，也招來眾多人的批評，他認為「很多人用自己豐富的想像力，塑造了另一個莫言，我就和大家一起來圍觀對莫言的批評和表揚。」看來莫言從一開始就為了提醒自己不要亂「放炮」說真話，告誡自己少說話，到今天他可以說出真話，而且很智慧的回應批評者，證明莫言戴上了諾貝爾文學獎的桂冠，便自然散發出諾貝爾文學獎的高度與光環。相信以今天仍然對文學、藝術設限極為嚴厲的政治環境，他的得獎，或許會成為神州大陸未來文學藝術開放的指標。中國大陸人口眾多，文化底蘊深厚，像莫言這樣有故事，也善於講故事的人，絕對是人才濟濟。我深信，過去路迢迢而長夜漫漫的年代，必會因中國的國力漸強，國際社會地位的提高，思想逐漸的開放，人民與世界的接軌交流，未來在文學藝術、甚至科學技術與世界和平的領域上，將會有更多的得獎者來自海峽兩岸自己培養的精英，而不再陷於過去得獎者皆來自海外的諾貝爾獎迷思中。

就讓我們拭目以待吧！

幕前與幕後

幕前與幕後，僅是在一幕之隔。二〇一六年感恩節的前一個週六，帶領了三個學生義工，應前洛杉磯社區學院理事吳黎耀華女士之邀，在洛杉磯僑教中心為她首創的「亞美音樂演藝基金會」舉辦的——大同世界音樂會，當起舞台總監，在幕啟幕落的起承轉合中，將一個個精彩的音樂與舞蹈節目連結、調整，使之無縫接軌在一起，再一一展現在觀眾面前！舞台上的歌者、舞者、樂器演奏者各個都燃燒著激情，賣力地演出，而我們這群幕後工作人員，在我的手勢指揮下，幕旁掌控幕開幕閉按鈕的強恕學妹 Mimi 立刻配合操控，讓節目單上每個表演的節目進行的十分順遂！雖然，一下子要搬動鋼琴，一下子要搬動沉重的合唱墊腳的踏板、演奏樂器和道具、桌椅等，還要分秒必爭地配合催場的人員，將演出人員安排好，按定位站在舞台上，將這場近三小時的音樂會節目進行的有條不紊，緊湊而熱鬧非凡！感謝我校的三個菜鳥學生，你們真的是小兵立大功啊！當然功勞還有第一次合作的好萊塢演員 China 陳小姐！我們湊合在一起的團隊精神，將永載於我們人生的史冊！

音樂會終於結束了，前晚買來慰勞表演者與工作人員的瓶裝水與各式點心，早已吃得光光無剩！接著立即趕往下個城市 Baldwin Park 的表演藝術中心參加另一場由北美南加州華文寫作協會的年輕文友，根據他的小說原著編劇、導演的舞台劇《檸檬》的第一場公演。為了顧及沒吃午飯的三個學生會餓著肚子看戲，我們先在 Jack in the Box 快餐廳吃了頓「戰鬥漢堡套餐」後，便立即趕去不遠的表演藝術中心！這一瞬之間，我們立即在這裡對調了個位置，從幾個小時前還是幕後工作人員的身份，變成坐在幕前觀賞舞台劇的觀眾，而且還是坐在第一排的貴賓席上，這要感謝青年導演張冠的禮遇！至於舞台上布幕的開合，我們已經在上一場的音樂會玩過！至於眼前的《檸檬》，就讓舞台上的幕後人員去傷腦筋吧！

人生似乎也是如此，擔任的角色也是在幕前與幕後之間更迭互換！一會是兒子、一會是父親，一會是學生、一會又是老師，一會是部屬、一會是上司！隨著年齡、職場的轉變，就像人的一生，在人子、人夫、人父三個角色之間穿梭，有時是父親在後面推助孩子成長，有時是兒子孝養老父，所以在幕前幕後的位置也隨時在改變；但，無論如何，在幕前要努力演好角色，在幕後更要做好支援的工作，讓幕前與幕後搭配的天衣無縫，一起在人生舞台上贏得喝彩！且活得一幕幕精彩、一幕幕感人！

第三篇

遊記

《一夜西雅圖》One Night in Seattle

西雅圖
也許因為有了
Boeing
Amazon
Microsoft
星巴克
的強大吸引力
才壯大了她的存在

那一晚
一個下著細雨的夜晚
順著 5th Avenue

或乘車或步行
漫步了一夜的西雅圖
才覺得她特有的前衛文化
處處展現在城市的每個角落
街頭上穿戴整齊的白領
漫步在獨特的建築藝術的叢林裡
展現出她迷人的魅力
派克市場的賣菜賣魚郎
臉上始終帶著憨厚純樸的笑容
那人們惡作劇的口香糖墻
反倒是一道西雅圖獨特的風景
坐在計程車上
童叟無欺的計程車司機
帶著口音的外國腔調
給人留下清切的印象
原來我們都是一群

來自四面八方的移民
只是不知在哪個時代

愛上西雅圖
像是一見鍾情
像久違的初心

《西雅圖不眠夜》
《北京遇見西雅圖》
的電影畫面
以及閃爍的太空針塔
反覆不斷的在腦海中
像浮光掠影般的湧現
乘著火車來到西雅圖
雖一路緩緩的到來
卻還沒盡興就離開

意猶未盡之餘
留下我將歸來的伏筆
有天
讓我再回來慢慢品味
那濃郁的咖啡香文化
與濃烈的當代普普藝術

作者乘著火車去西雅圖，窗外有情天。

四十四年後再回衛武營

四十四年前
我曾經在鳳山的
衛武營受預官軍訓
我是預官二十五期學員
少尉行政官培訓
今天是四月三日
星期三
我來到了這個
對我人生
極富意義的地方
那些日子
還是一個
冷戰無情的歲月

那時我擔任實習排長
每天早晚
都得帶頭喊口號
「奉行領袖遺志！
服從政府領導！
消滅萬惡共匪！
解救大陸同胞！」
那年蔣公去世
全國一片哀悼

如今四十四年過了
兩岸從劍拔弩張
到兩岸探親互訪
從台灣到大陸去
旅行 探親 出差 開會
幾乎是家常便飯之事

當時扛的是M1步槍
閱兵踢正步
單兵訓練
出操演習
如今已如
南柯一夢

走近衛武營
眼前像是
海市蜃樓般的震撼
那是一座建築
美侖美奐的
文化藝術中心
讓我心中充滿
一幕幕地驚喜

當代建築藝術的
精美絕倫
台灣獨有文創藝術
與商業結合之吸睛
凸顯今天台灣獨特的
生活藝術文化的素質
變了天的高雄
充滿了蓬勃的朝氣
祈願台灣
放棄殘酷自殘的
藍綠政治鬥爭
促進兩岸的和平發展
逐漸走向互惠互利的
康莊大道與復興之路
我為台灣
虔誠的禱告

再回久違的浙江

二〇〇六年四月，我擔任美西華人學會會長，率領美西華人學會友好訪問團，一個曾是中華民國「國建會」的團體，完成了史無前例的破冰之旅，這是台灣旅美僑團首度跨過太平洋，來到浙江省與大陸進行親善交流，那一年是民進黨的陳水扁擔任中華民國總統，他當時主張台灣、中國一邊一國，但為了增進台灣旅美僑胞對祖國大陸的真切了解，我們排除了政治的障礙，破天荒地來了浙江省，受到了熱情的歡迎與款待，讓台灣旅美的精英對浙江留下了深刻的印象！

十二年後，我再度以北美南加州華人寫作協會會長的身份率領一個十三人的訪問團再度回到浙江，這次我們團的名稱是「兩岸融合 僑界先行——台灣旅外僑胞看浙江」。我們十三人的訪問團，共同點都是喜好寫作的文友，有教授、有媒體人、有會計師和企業家，他們都是各領域的佼佼者！我們一踏下飛機，就受到主辦方接待人員的熱情歡迎！加上導遊青青隨車的專業導覽，讓我們一行人有著賓至如歸的親切感！

從第一站的嘉善歸谷科技園，到第二天走過杭州灣的跨海大橋，對橋樑工程之浩大，沿路海岸景觀之優美，一路走來對目前大陸各方面的進步，留下深刻印象！走到山明水秀的先總統蔣公故鄉奉化溪口和臨近的雪竇山，頓然興起了思古之幽情，對大陸政府將蔣公的歷史遺跡保護的如此完善，十分讚嘆！尤其對今日奉化城市的現代化，與十二年前相比較，實有天壤之別！欣賞蔣公昔日常駐足的雪竇山風光的秀麗景緻，令人心曠神怡！

第三天一大早，就驅車前往餘姚的河姆渡史前遺址參觀，更讓我一睹欣慕已久的新石器時代彩陶文明的遺跡，對長江以南，考古學家發現了先民在五千年以前已在此地建立了家園，能有如此悠久的村落規模與創造的文明成就，實為驚嘆！

接著再前往高中時代國文課本上提到的明代理學大師王陽明（王守仁）的故居，優雅的亭台樓閣建築，對陽明先生一生的宦海浮沉，與新儒學的傳承，極為敬佩！傍晚抵達鄰近西湖的酒店，晚餐與浙江省接待單位的副部長陳安斌、浙江黃埔軍校同學會秘書長張兵共餐，久違了的張兵是我十二年前訪杭州時認識的老朋友，我們一直以來都保持著友情的聯繫，他的誠懇待人與辦事效率之高，令人敬佩！

第四天是此行壓軸的時刻，也是大家最關心的參訪，我們去了連雅堂的紀念館，這位台灣通史的大學者，是我們來自台灣的同胞最景仰的近代史人物，館內展示的文物與字畫，讓我們這群來自台灣的同胞，又上了一堂台灣史的密集課程，更證明了台灣與大陸確屬唇齒相依的關係，兩岸本就是一家人！下午前往拜訪了中國網絡作家村，除了參觀了硬體建築，還與大陸知名的網絡作家和相關人士進行了座談，同時都熱愛文學創作的作家們，大家一見如故，仿佛是一家人般的親切，大家互相做了深刻的文學交流與互動，為此次參訪活動譜下了完美的句點！

感謝浙江省黃埔軍校同學會的悉心安排與熱誠的接待，無論從交通到食宿與活動的安排，都已做到盡善盡美！感謝張兵秘書長的邀請，以及高崇敏主任、丁瑩女士的全程陪同與照顧，我們南加州華人寫作協會代表團的成員無不翹起拇指，稱讚不已！這次我們這群旅美台灣同胞來到浙江看今天浙江省的發展，無論是人文歷史與經濟文化的建設，都留下深刻的印象！尤其是看到過去落後的二三線城市，已經逐漸走向現代化城市之林！浙江省的確是領先於其他省份！希望我們一起經由兩岸同胞不斷的交流互訪，互相了解，捐棄前嫌，求同存異！在步向中華民族的偉大復興道路上，我們來自台灣的同胞也能亦步亦趨的追隨著走向未來的輝煌成功！

我和首爾有個約

從台北搭飛機到首爾，只要兩個多小時！而我卻走了三十九年！二〇一九年四月九日，這個願望終於實現了！記憶裡依舊存放著一九八〇年五月那段日子！當時，我已整裝待命前往韓國留學，而且以優厚的全額獎學金去攻讀我的博士學位。無奈，一場韓國的大動亂「光州事件」成為了我一生的轉捩點！就這樣陰錯陽差地轉來了美國留學。在人人稱羨的美利堅星條旗下，半工半讀的求學。畢業後在職場上歷經風雨，十分艱苦地為自己和家人奮鬥了三十九個寒暑！

一直以來就在醞釀著來韓國一遊圓夢！退休後，正好回台灣度假，突然靈機一動上網買了機票，訂了旅館，就跳上了韓航班機，抵達了這個曾經魂牽夢迴卻完全陌生的國度！本以為自己一路來瞎子摸象，結果真的是一傢伙栽進來這個陌生的土地。幸運的是，在飛機上有緣邂逅了同排座位的四個姐妹，加上了她們姐妹中的一個十八歲的女兒，她們曾經來過一次，這次可是做足了功課，有備而來。所以讓我不必當上瞎子，可以順利的進入了韓國且順利地摸進了預訂的明洞旅館，也第一次體會到住青年旅館的滋味！一個人獨佔了三張床（兩張是上下鋪），但空間之狹小，轉彎都很困難！只好當做是一次人生不凡的經歷吧！

明洞鬧區。

明洞真是個超級熱鬧的地區，可以形容是西門町鬧區加士林夜市！於是就這樣在喧嘩的外層與狹窄的內層中渡過了一個奇異的夜晚！

第二天，由於自己能讀韓文，所以一個人背個背包，就沒有語文障礙地搭上了首爾的地鐵！這裡的地鐵四通八達，雖有點錯綜複雜，尤其對我這個初次到訪的訪客，還是得仔細摸索清楚才能真正的上路。這真是個國際城市，為了方便各方遊客除了韓文外還有英文、中文、日文標註在許多的號誌上。

在一九八〇年以前，漢字普遍用於報紙和書籍，韓國的歷史、文學與佛經必須使用漢字與韓字並行，從全斗煥大統領以政變取得政權後，便開始軍事獨裁統治，韓民族有史以來，是個白衣的悲情民族，她夾雜在中國與日本的朝鮮半島上，在狹隘的民族主義作祟下，民族性十分強悍，尤其是二戰後脫離日本獨立，卻在韓戰後成為分裂國家，因此南韓人非常奮力自強，以日本為為競爭對象，大力地發展國民經濟加上藉中國的改革開放取得龐大的市場效益，成為亞洲國家的經濟強國今天我親眼見到的榮景與過去落後於台灣已不可同日而語。

韓民族的文化與歷史，過去和中國有重疊的現象，全斗煥之後幾個大統領，將漢字在日常生活中廢除，一直到反對黨領袖金大中執政才逐漸恢復漢字的使用。很高興在這次首爾行到處都可以看見漢字。

其實韓語屬於阿爾泰語系，有原始的發音方式與語法，漢字的基本發音竟然與我們的閩南語類似韓文字始於三百多年前，李朝時代的世宗大王，他頒布了《訓民正音》，從此韓語有了韓字拼音，加上漢字的補充使用，和日本語文一樣有東亞語言文化的共通性。

一大早我搭地鐵上了光化門廣場，走出地鐵寬廣的階梯，映入眼簾的就是靜坐在廣場上的世宗大王的大雕像，雕像兩旁的正是他所頒布的《訓民正音》。在他後頭有一尊站立的李舜臣將軍的雕像。李舜臣將軍是曾經在韓日海戰中，以龜甲船大敗豐臣秀吉的大韓民族英雄。

沿著廣場走來，是著名的景福宮，還有國立古宮博物館，入館參觀無需門票！園區有早

國立古宮博物館。

春花木扶疏的庭院，和穿著韓服的各地遊客，為這些沉睡久矣的古蹟，洋溢出祥和的人間四月天！從一九七五那年從主修四年的韓語專業畢業，接著服了兩年預備軍官。之後考上了民族學研究所，蒙韓文系系主任林秋山博士的賞識被聘為韓文系的助教！三年後，教育部的韓語留學考試還名列前茅！經系主任的推薦申請到留學韓國的優渥獎學金，竟然在一場韓國動亂中，粉碎了留學韓國的夢！這場我和我的理想擦肩而過的浮雲舊夢，經

古宮墻外的韓服少女。

過了三十九年才如願登上了這片土地！能不說這是命運捉弄人嗎？

走進台灣人的原鄉

對於一個生長在南台灣的我，第一語言是閩南語，原因是母親是台南新市鄉人，而我從小就在外婆家長大，南部人慣說的閩南語，給了我能說一口流利而帶有濃厚台南腔閩南語的養份；當然，我的國語自然也就成了所謂的「台灣國語」。

十一歲時，隨著湖南省籍的父親調職到台北，母親想盡辦法讓我越區到以本省籍居民為主的延平區永樂國民學校就讀，無意間竟成了全班七十二個學生裡唯一的少數民族——外省囝仔。我的口音開始時也被視為是本省人，但填寫籍貫時被發現是外省人時，竟成了被欺壓的對象，常被同學戲稱為「阿山仔」，那免不了放學後，常被等在校門口的某些本省籍同學堵住追打，那時我仍搞不清，為什麼只因為是「阿山仔」而被打？

北遷後，我們舉家住進士林社子的警察新村，才開始接觸到國語講的比我好的外省孩子。開始時，我的「台灣國語」常成為眷村子弟的笑柄，但和眷村的孩子一起玩耍久了，國語也逐漸在潛移默化下，慢慢字正腔圓起來了。以後上了中學、大學、研究所、來美留學，國語一直是我最主要的語言，還成為我今天賴以為生的謀生工具。而閩南語，卻只有在偶爾遇到台灣鄉親時，或者唱閩南語歌曲時，才派上用場。有時在懷念台灣老家時，就迫不及待的想衝進此間的台灣料理店，用好久沒說的閩南語點出那些令人魂牽夢迴的故鄉小吃，卻發現打工的服務小姐竟也聽得懂，原來她們是福建南部來的移民。

二〇〇七年的夏天，應洛城好友小姜之邀，從上海搭機飛抵這個小時候我南部親戚和同學曾跟我提過的那片閩南原鄉——福建廈門，這個和大多數台灣人的祖籍地——漳州、泉州連接起來而成為「漳、泉、廈」一體的原鄉土地，是當初移民去台灣的登船港口之一（另一個移民港口是泉州）。踏出機場，迎面而來的是小姜和他兩位廈門的友人，原以為他們和小姜一樣也是台商身份，因為操的都是帶有濃濃台灣口音的國語，但一驗證竟然是廈門本地人，而且親切的像我在台南的親友，於是我久未使用的台語竟也「輪轉」（台語流利的意思）地和這個滿街滿巷操著同樣口音的陌生人們開始交流起來！從陌生到熟捻，這裡的人地事物對我來說，像是個「少小離家老大回」的遊子回到比故鄉更故鄉的原鄉來！

那晚在當地一家著名的魚湯餐廳吃了一頓當地風味的魚頭熱湯餐，真是湯鮮味美，我頓時想起從前在萬華夜市魚湯攤子上啖魚湯的滋味，坐在滿地魚骨頭的椅子上，品嘗魚頭、魚唇、魚臉的那種充滿鄉土情境，這裡像極了台灣呀！一樣的臉龐、一樣的飲食習慣、濃濃的閩南話，連說國語都是一樣的口音。這裡的魚丸湯，街頭上到處有得賣，而且餐廳的幕後老板，很多都來自台灣，伙計清一色都是本地的閩南人，誰也分不出誰是台灣人誰是大陸人，因為四百年來都是一家人。這裡的金門高粱、貢糖、菜刀竟成為了來自其他省份的遊客爭相搶購的伴手禮；

尤其是銳利無比的金門菜刀，殊不知是在過去台海冷戰期，劍拔弩張，一觸即發的對峙年代，你來我往的炮彈廢殼所做，世事難料竟成了今天廚房上最受歡迎、最堅固耐用的器物。

踏上開往鼓浪嶼的遊船，沿著海岸線遊覽，一路風光旖旎，過去淳樸的漁村已成為睥睨閩南一帶的現代化都市。多少台商圖地理人文之便，在此坐地經商，為當地的經濟發展打下了雄厚的基礎，也促使鄰近的城市產生巨大的經濟連鎖效益。究竟這裡對台商而言是最親切最像家鄉的地方。連台灣的「頭號經濟要犯」陳由豪，也將此地視為他東山再起的根據地。巧合的是第一天晚上在那家魚湯餐廳裡，隔桌見到他在兩名保鑣的保護下，孤獨的享用著濃濃故鄉味的魚湯，即使歸鄉路是如此的遙遠，這裡也就成了一解鄉愁的避風港。當船駛進紅色浮標的警戒線時，船開始減速，並逐漸停了下來，因為前面就是金門防線的一個島嶼大膽島，一直以來是大陸人民的禁區，島上清晰可見的「三民主義統一中國」八個刻在岩石上的大紅字，成為兩岸過去敵對時代的歷史見證與遺跡，現則是大陸同胞旅遊的熱門觀光景點。遊船上的船老板，準備了一條條來自台灣的長壽香煙，煙盒上還印有國父孫中山的圖象和中華民國的國徽，一隊來自湖北的旅行團團員，一見這些平時不易見到的珍品，幾分鐘就搶購一空，船老板帶著滿意的笑容，把空箱搬到腳下，一群人在甲板上，爭相以「三民主義統一中國」為背景，拍下他們過去視為禁忌的照片。

船隻調了頭，駛向了鼓浪嶼，遠遠地看見一尊巨大的雕像矗立在島上日光岩上，當船緩緩靠近時，這尊雕像顯得格外的雄壯威武，像個守護這個港灣、島嶼的保護神，面對著這個雕像，我一眼就看出那不就是供奉在台南延平郡王祠內的國姓爺鄭成功嗎？怎麼他也在這裡落腳？翻開歷史重溫那個時代，這裡正是鄭成功進擊南京失敗後退居福建，再率軍民渡台，驅逐荷蘭人，最後退守台灣的根據地。鄭成功之收復台灣、建設台灣，最初登陸地的安平古堡，赤崁樓就是那個時代留下的古跡；台灣的歷史正是中國大陸歷史的延伸，台灣文化就是傳承自中國文化，這是毋庸置疑的基本常識，也是血脈相連的事實。

登上了鼓浪嶼，立刻被這裡中西合壁的建築給吸引了，彷彿走進了淡水的紅毛城與台南的安平古堡。鼓浪嶼位於廈門西南隅，與廈門隔海相望，面積僅一點七八平方公里，人口兩萬多，屬廈門市的轄區。過去是廈門與歐洲列強的通商口岸，所以建築充滿了歐陸色彩。一九四二年十二月日本佔領鼓浪嶼，直到抗日戰爭勝利後，鼓浪嶼才結束一百多年的通商殖民統治。島上的風情饒富南洋情調，那是因為廈門人移民東南亞致富後回鄉，多在這裡置產建屋作為別墅，故多南國風情。鼓浪嶼碼頭旁的大榕樹，可以讓人在炎炎夏日倘佯在其樹下，享受陣陣清涼的海風，這情景又令我驀然想起在台灣新竹與澎湖島上的大榕樹下，有著乘涼的老阿公和老阿媽，有的含飴弄孫，有的圍觀對奕的幕幕情景。

鼓浪嶼居民酷愛音樂，鋼琴進入該島已百多年歷史，全島現有鋼琴兩百多架，平均十多戶就有一架鋼琴，鋼琴密度為全國之冠，素有「鋼琴之島」的美稱。島內的環島道路十分順暢，景點風光宜人，主要旅遊景點有日光岩（鄭成功的巨大雕像就聳立在最高點）、菽莊花園、港仔後海濱浴場、鄭成功紀念館及懷舊博物館等。每年皆有數以百萬計的中外遊客來此遊覽。這裡的特產是各種口味的餡餅，這和北方的餡餅截然不同，倒像台灣的鳳梨酥、牛舌餅、太陽餅之類，是否來自原鄉的糕點，造就了台灣飲食文化的特色？在這裡，我的台灣話真的派上了用場，在與商家討價還價時，就成了無往不利的工具，當你操台灣話時，他們就認定你是自己人，立刻價錢就直直落下，原來原鄉的人依然保有地域觀念的陋習。原本怕受騙的我，因為擁有台灣話的能力，而享受了自家人的優惠待遇。

走在廈門的街上，看見形形色色擦肩而過的路人，他們一張張的臉相，彷彿是我在台灣時見到那些熟識的面孔，嘴裡說的話，連罵人的粗話也不差分毫。鄭成功是從這裡退守台灣的，媽祖娘娘也從這裡渡海到台灣，家裡的神主牌也是從這裡的宗祠帶過去的。這裡的方言是台灣多數人所熟悉，且在南台灣十分通用的語言，夜市裡賣的魚丸湯、滷肉飯、切阿麵和新鮮的魚湯等等，不也都是從這裡跨過海峽傳到台灣去的？

晚間，在二十四層樓高，號稱全世界最高的必勝客（PIZZA HUT）餐廳享用義大利披薩大餐時，遙望對岸萬家燈火的鼓浪嶼，再轉身鳥瞰廈門現代化的都會風情，我不禁深深感受到，我已經走進了台灣人的原鄉！受到原鄉人熱情的歡迎！對於那些在不遠的台灣海峽對岸，張著眼說著瞎話說「我不是中國人」或「類似中國人」的無恥政客們，你們內心裡的原鄉已經被貪萎、無知給吞噬了！當中華民族文化的根被連根拔起時，那些被政客牽引的台灣人啊，將永遠成為在黑暗中摸索的盲人，看不見自己的過去，也摸不清未來方向，這豈不是迷失後的台灣人真正的悲哀嗎？

享受一個人的浪漫

結束了四天三夜的「世界華人作家代表大會」，午間立馬背上了背包，搭上渡輪跨海來到澳門！

記得一九七八年第一次來香港時，就曾想去澳門，好奇地想看看這個比香港更早被租借的地方（西元一五五七年，明朝中葉），卻和香港一樣在十九世紀中葉（一八四九年）被葡萄牙人強行佔領的殖民租借地；但因當時的客觀因素，而裹足不前！等到和香港一前一後回歸到中國後，實行了「一國兩制」，雖與殖民地原貌產生變遷，尤其是近十年，來自美國賭城 Las Vegas 的賭場風情橫掃了舊有的葡京賭場，讓富麗堂皇、奢華大氣的美式賭城，吸引了大量中國大陸的賭客們前來，他們無需再跨過太平洋便可以攜款就近消費，尤以賭性強韌的中國巨商豪客，來到這裡不論是賭博或是選購名牌精品，都讓這個歷來以博弈著稱的城市，顯得更加繁榮昌盛！

此時，我雖住在賭場豪華的房間裡（好友楊氏兄弟為我安排），卻更願意背起背包獨自踏著輕快的腳步穿梭在外圍「大三巴」的大街小巷裡，沿著忽高忽低的葡式建築坡道，走在來往如織的人流中，沿途各式各樣的個性商店與富有當地特色風味的小吃，讓幾週來吃膩了酒店大餐的我，完全鍾情於精緻的葡式蛋撻、薑汁撞奶、以及咖哩魚蛋加上牛雜！

常在影片中，看到壯麗的葡式大牌樓與盤旋於山頂上的古砲台，吸引了八方遊客到此一遊！這是來澳門旅遊必遊的勝地之一，當地居民平易近人地令人感到有一股回家的溫馨！尤其是與廈門、台北一樣的騎樓文化，讓我彷如走在台北車站前的那片老街道、與西門町行人熙攘於街頭那般的親切自如！

澳門是個迷人的城市！尤其可以無拘無束的漫步在街頭上，當地居民的和諧與善良，讓我深深體驗了回歸中國大陸後，馬照跑、賭照賭、舞照跳，與內地各省截然不同的地區文化風貌！

偶然走進林語堂的空間

印象林語堂，不得不從他的「幽默」說起，「幽默」一詞來自於英文「Humor」的翻譯。在那個仍封閉、保守的六〇年代（二十世紀），有一次林語堂在台北參加一個學院的畢業典禮，在他說話之前，已有好多冗長的演講。等輪到他說話時，已經上午十一點半了！他當時站起來莞爾地說：「紳士的演講，應當是像女人的裙子，越短越好。」大家聽了愣了一下，隨即哄堂大笑。第二天，報紙登了出來，就成了他說的第一流笑話，「幽默大師」的封號不脛而走。其實那是林語堂一時興之所至脫口而出的。這是我當時在七〇年代，正值青澀的大學生時期，對林語堂大師的初步印象。而那句「演說要像迷你裙」說，則產生了效應，讓喜好長篇大論、言語乏味的演講者，收斂了不少。

二〇一二年元月，我第一次走進了林語堂的故居，那個他生前曾經居住了十年，身後長眠的一處典雅幽靜的空間。站在門口，我腦海中不禁油然回憶起，這棟座落在前往台北陽明山仰德大道旁、外表隱秘的白色住宅，竟然是我在學生時代，每天搭公車或騎摩托車必須路過的一處神秘居所。這棟建築建於一九六六年，由林語堂親自設計，以中國四合院為主體結構，搭配西班牙風格的白牆與螺旋柱，再蓋上藍色的琉璃瓦所構成。這是林語堂最後的十年定居在台北

林語堂親自設計的故居。

故居以中國四合院建築為設計主體。

的住所。一九七六年三月二十六日林語堂逝世於香港，享年八十。四月移靈台北，最終，一代幽默大師含笑安詳地長眠於這座故居的後園中。

故居由受委託的東吳大學經營管理，處處充滿著優雅的人文氛圍，堆滿微笑、熱誠負責的學生工作人員，細心的為我們做詳細的導覽，讓我們享受林語堂故居裡暖暖的溫情。彷彿冥冥中，幽默大師正在引導我們透過時光隧道走進他曾經創作無數的生活空間，讓我們的心靈感受他的文學成就、生活藝術、發明創意，以及幽默的生活情調！從客廳到書房，從飯廳到臥房，處處留有他的風采餘韻，可以從細微中發掘出，林語堂與夫人廖翠鳳伉儷生前的生活起居，是如此的有節奏、有熱情，甚至超然的生活素質。

林語堂於一八九五年出生於福建龍溪（今屬漳州），那裡也是台灣本省人的原鄉之一，但他卻屢被稱為外省人！可能和他長年在外生活、教書與豐富的文學創作有關。他是個基督徒，長老會牧師之子，哈佛大學碩士，也是德國萊比錫大學的比較語言學博士，是個學貫中西、蜚聲中外的中國文人。他曾在美國以英文寫作，著名的作品有《吾國吾民》（My Country and My

People）、《風聲鶴唳》（A Leaf in the Storm）、《孔子的智慧》（The Wisdom of Confucius）、《生活的藝術》（The Importance of Living），在法國更寫下了他的文學巨著《京華煙雲》（Moment in Peiking）。他曾任聯合國教科文組織內的美術與文學主任，一九七五年被推舉為國際筆會的副會長。他主編過《論語》半月刊、《人間世》、《宇宙風》等刊物等。在故居書房裡，珍藏著兩千本書籍以及遺物，尤其是那架曾經在一九五二年獲得美國專利的「中文明快打字機」與「電動牙刷」和「英文打字鍵盤」等模型、照片和設計原稿等，在在令人對其創意發明的毅力肅然起敬。

為了展現林語堂故居的藝術化與生活

故居裡有大量大師的藏書、著作及其遺物等。

化的特色，故居還常舉辦林語堂學術研討會和講座。讓故居的設施能發揮其多元化的功能，用來服務社會人群，以人文的精神來提升生活的品質！並且在潛移默化中，實現林語堂，這位近代史上已載於史冊的文學大師、語言學家、教育家、發明家、幽默大師等集於一身的大師，為吾國、吾民貢獻一己之力的生平宏願。

在參觀了室內的展示，陶醉在故居繽紛的人文氛圍中，再喝上一杯餐廳調製的咖啡，霎時夯奮的自己又回到了年少時曾經讀過的《吾國吾民》、《生活的藝術》之浩瀚書海中，游走在字裡行間，我彷佛又找回了自己對生命澎湃的激情！走出故居，依偎在後邊陽台上的欄杆前，遙望著遠方的士林街景，與屹立在華崗頂上中國文化大學的中式庭台樓宇，林語堂的寢墓就在眼下——陽台下的草坪上，一代幽默大師就長眠在咫尺間，我不禁也幽默的向他說了聲「大師，久違了！」

一代幽默大師長眠於此。

一九七六年您離開了人世，我也已經離開了距您最近的華崗，到南部的部隊去服預官役，之後，我出國留學，在國外定居了三十多年。今回國造訪您的故居，彷佛回到您八十歲時，您人生最後的一年，聽到您最後在《八十自述》中說過：「並不是因為我是第一流的幽默家，而是在我們這個假道學充斥，而幽默則極為缺乏的國度裡，我是第一個招呼大家注意幽默的重要人罷了！」這是您最後的告白！也是我在告別您故居時，心裡聆聽到的語句！

作者走進故居緬懷大師風範。

偶然走進徐志摩的空間

人生諸多際遇，往往來自一場偶然！正如我悄悄地乘坐高鐵駛進了浙江省的海寧站，而那天到站下車的人只有我一個人！赴這場約的初衷，並不是沖著詩人徐志摩而來，而是隻身來尋找三十九年前駕駛美制U-2高空偵察機在海寧上空被大陸紅旗2號飛彈擊落的黑貓中隊飛行員黃榮北（我內人的表兄）的遺骸，而偶然地走入了徐志摩的空間——海寧硤石鎮。

海寧高鐵站非常現代化，但冷冷的月台讓我這個原本帶著沉重的心來探訪一個已故親人的訪客，一時間，開始感受出莫名的孤寂。從寂靜的月台走到了出口，我那十年不見的老朋友張兵已在出口處等候多時，老友張兵是我十年前率團訪問浙江省，省僑聯的聯絡部副部長，是個典型江南才子型的基層官員，加上我們都有文史背景的共同語言，從此，我們成了隔著遙遠的太平洋，雖久不謀面，但卻惺惺相惜的好朋友！目前，他升任浙江省黃埔同學會的秘書長與和統會的副秘書長，當我第一次在微信上提出海寧尋親的計畫時，他毫不猶豫，立即幫我聯繫海寧的相關人員，安排我尋找親屬遺骸的各項接待工作！十年不見，他依舊神采奕奕，親切如昔的與我共敘十年別情！

在海寧硤石鎮的河灘墜落處，以及掩埋在東山的兩處可能掩埋的地點（由於東山的山腳下經過近四十年的拆遷整地，表兄的遺骸已蕩然無存）我虔誠的各以三炷香默禱憑弔了表兄後，我們一行人在海寧統戰部副部長姚建忠的提議下，帶領著我這個文學與寫作的愛好者一起走入民國大詩人徐志摩生前的故居與身後安眠的兩個重要的空間。根據研究的資料顯示，徐志摩於一九三一年十一月十九日於山東濟南飛機撞山失事喪生後，遺體運回海寧，就安葬在硤石鎮東山瑪瑙谷萬石窩，與其父徐申如的墓毗鄰，當時石壁上有徐志摩的好友民國大師胡適先生所題《詩人徐志摩之墓》。第二年的清明節，妻子陸小曼到此掃墓時，曾在此寫下「斷腸人琴感未消，此心久已寄雲嶠。年來更識荒寒味，寫到湖山總寂寥。」來表達她對徐志摩的死別哀悼。

作者在徐志摩故居留影。

徐志摩的墓園。

民國三十五年（一九四六年）由著名書法家張宗祥重新題了墓碑。不幸的是，一九六六年文化大革命在全國如火如荼的展開，那年秋天，徐志摩的墓地被紅衛兵殘酷無情的炸毀，駭骨與衣服碎片爆裂散開，化為烏有！巧合的是，表兄的遺骸就在徐志摩的墓地被銷毀後的第二年被鄉民用草席裹身，草草掩埋在詩人徐志摩的墓地原址附近，幾十年的整地變遷後也失去了蹤跡！這是時代的悲哀，那時的知識份子連死都無葬身之地！

一九八三年，大陸走入改革開放的新紀元，徐志摩的墓地在地方政府的倡議下，改在西山重建，形制大小和原墓地相近，到了千禧年初再重修擴建，墓址位於西山公園內西北，白水泉的上方，半圓形的墓台彷如《新月》，墓地的兩側有書型的雕刻，一面刻的是《偶然》、一面是《再別康橋》是志摩先生傳世不朽的巨作！墓碑依舊保留當時張宗祥所題的《詩人徐志摩之墓》，時間是「中華民國三十五年仲冬」。墓碑前陳放著兩束已乾枯多日的玫瑰花，一為胭脂紅紙包裝、一為靛藍紙包裝，從不俗的包裝形態，可以想像到此送花者，應是充滿浪漫情懷的文藝愛好者與徐志摩的粉絲，到此對一代詩人徐志摩表達至高的敬意！面對這個只有象徵意義的一代詩人最後的空間，儘管已經知道塚的空間裏僅藏放了一本《徐志摩年譜》，但多少年過後，依然吸引了無數徐志摩的粉絲，帶著詩歌與文學的情懷，到此憑弔。我站在墓碑前，雙手合十，不僅遙想當年青年詩人徐志摩留學歐美的生活往事，與他個人周旋於三位女人之間有歡笑有憂愁的愛情故事。我自己早年讀過他豐富的文學創作，站在他的墳前，完全可以肯定在他短暫的三十四年人生歲月中，已經在中國現代文學史上，留下他傳世不朽的地位！

走出徐志摩在西山的墳地後，我們驅車前往位於硤石鎮干河街安三十八號的一棟西式的二層樓小洋房，這是徐志摩於一九二六年十一月偕同新婚夫人陸小曼企圖返回故鄉過著隱居與著書生活的新居，徐志摩稱之為「愛巢」。有關徐志摩的兩次婚姻，在那個封建保守的年代裡，可謂極端叛逆，不僅在當時不為一般社會輿論所容，連在海寧當地已是鄉紳富豪的父親徐申如也無法接受！但基於愛子心切，仍將這棟新建的洋房留給兒子居住。

我們一行人走進徐志摩的故居，在宅院裡已開始感受到這位中國三〇年代新月派代表詩人曾經在這裡散發他特有的才情與愛情所營造出那濃郁而唯美的詩意，遙想他和林徽因、陸小曼那兩段纏綿悱惻的浪漫情史，不論當時各界對他們作出無情的批評與謾罵，他依然能勇敢的去愛，並不計後果的去承擔。突然想起胡適之先生曾經評過徐志摩，他說：「他的人生觀是一種

『單純的信仰』，這裡邊只有三個大字，一個是愛，一個是自由，一個是美。他夢想這三個理想的條件能夠會合在一個人的勝利，這就是他的單純信仰。他一生的歷史，只是他追求這個單純信仰實現的歷史。」這樣的評價雖然簡單，但是卻十分準確。徐志摩的一生不就是為這三個大字而活的嗎？他一生鍾愛過兩個女人，為此，不惜和自己的妻子張幼儀離婚，只因為兩人並無愛情可言！更耐人尋味的是這棟西式洋樓裡，曾經住過三個徐志摩一生最重要的女人，徐志摩的母親、和後來被徐志摩父親收為義女的原配張幼儀與二婚妻子陸小曼。

進入大門後，是一個設計十分雅緻的庭院，這裡從二〇一一年起已經成為浙江省省級文物保護單位，有嚴格的保護措施。庭院中有一座刻有徐氏頭像的類似漢白玉的橢圓浮雕，兩棵鐵樹盆景分別置放在展覽館門口兩旁，當我們進入展覽館，迎面而來的是一尊較寫意化的徐志摩的半身塑像，鼻樑上依舊頂著那副圓圓框的招牌眼鏡，一向手持相機隨時拍下歷史記錄的我，竟立即被管理員告知，室內禁止攝影。的確，這裡陳列了不少徐志摩的文物，有他的手稿和他生前使用的文具用品。令我印象最深的是，我第一次見到了徐志摩空難後的遺容，生前長相俊俏才氣橫溢聞名中外的中國「濟慈」新月派的浪漫詩人徐志摩，和罹難後經化妝後入殮的鐵青憔悴的容貌，令我不勝唏噓起來！他當時乘坐飛機從南京飛往北京，就為了參加他曾經鍾愛的女人林徽因在北平舉辦的建築演講會，不幸在大霧中撞上濟南開山失事而罹難，結束了他在人間世短短的三十四年歲月！他的死，正如著名作家郁達夫的一篇悼文所說，徐志摩的死法，和拜倫、雪萊的死法一樣不平凡！

進入這棟樓內部，參觀了徐家人在此生活的點點滴滴，有徐母的房間、徐志摩的書房、會客的安雅堂，堂內有著名書法家啟功的墨寶和古色古香的傳統家具。繞過傭人房、廚房和西式的浴室，走上早已斑駁老舊的樓梯，每踏上一層樓階板，便吱吱作響；而雜陳的響聲，似乎將我們帶回三〇年代，那個西潮正在衝擊傳統中國的年代。那時五四新文化運動剛開始，文言八股開始噤聲，白話文普遍盛行，有人吶喊有人彷徨，歷史洪流在轉換中產生了不少著名的大師、文學家、藝術家和浪漫詩人，以及影響未來思潮的思想家。徐志摩就是那個大時代的風雲人物之一！我們正在他住過的故居裡，近距離貼身地感受著徐志摩的體溫。樓閣亭台的天井上，彩色的歐化玻璃和藍色的天空相互輝映，在交會中互放了特殊的光彩。推窗望外，靜謐的庭園綠樹在七月的夏風微微吹拂下，頻頻對著我們招手，彷彿在悄悄告訴著我們徐志摩的故事、他的詩、他的浪漫、他的情史，這種種早已經烙印在不朽的中國文學史上。

偶然走入徐志摩的的故居，那裡是他生前的空間，走入詩人徐志摩的墓地，那裡是他安息的空間。到了傍晚，接待的友人開車載我回到海寧高鐵站，揮別老友張兵後，坐在高速鐵路即將開往上海的瞬間，倚窗望去，天邊飄來了一片雲，讓我腦海再度浮現出徐志摩的那首詩《偶然》：

《偶然》

我是天空裡的一片雲

I am a cloud in the sky.

偶爾投影在你的波心

Occasionally cast in your stirred heart.

你不必訝異，也無須歡喜

You neither surprise nor delight.

在轉瞬間消滅了蹤影

For I would disappear without a trace in no time.

你我相逢在黑夜的海上

You and I met at sea in the darkness of night.

你有你的，我有我的方向

You have your destination, I have mine.

你記得也好，最好你忘掉

You may remember though it would be best if you forgot.

在這交會時互放的光亮

We glowed as our paths crossed and brightly shined.

偶然走進賽珍珠的空間

緣起

走在人生的道路上，我始終相信一個字「緣」！一切因緣而生、因緣而遇見、因緣而結合。緣起與緣滅都起原於自然。得之我幸，失之我命！緣此，退休後，我口頭上最常說的話，莫過於一切隨緣！經過父親被醫師診斷，他九六高齡，行動不便的老人已進入「安寧看護」期，也就是三個月後將離世！但卻也奇蹟式的存活下來！加上家妻因心臟缺氧，受到醫療誤診，最後送進醫院做了三個支架的手術，出院後，休養了兩個月，本以為可以從此高枕無憂，因而應東岸穎表姐與夫婿豪爾（Howard Lewis）表姐夫之邀，按計畫搭上了美國ＡＡ航機，飛到了賓州的費城機場！前往參加表外甥李察（Richard）的婚禮！這是本次計畫中的行程，於是婚禮過後兩日，就隨緣由表姐夫婦安排，四人共同驅車前往他們位於佛蒙特州（Vermont）的度假屋。這裡是位於美國東北角，一個離加拿大邊界不遠，地屬新英格蘭區的六個州之一，人稱曼徹斯特鎮（Manchester）。車剛進入小鎮，已開始嗅到晚秋的氣息，火紅的樹葉、潺潺的小溪、蒼涼矇矇的遠山、一路可見殖民時期清教徒興建的教堂，好似走入好萊塢電影的畫面！如再配上優美的背景音樂，驅車穿梭於山林小道間、與淳樸無華的小鎮上，著實也身不由己地陶醉在其中！

佛蒙特的第二天，我們吃完早餐，一路開車前往該州北方的森林區，下車後，一起走入林間小徑，一起踏行在靜謐的小徑上時，也許是當地景致太迷人，竟也情不禁地唱起了那首美國民歌《Home on the Range》！那裡整個山路有點顛簸，走起來有點累，但走到了坡上著名的楓糖漿廠房，山坡邊上還聳立著一座風力發電的螺旋槳，為枯草環繞的山坡廠房，譜出了一幕美麗動聽的音像景觀。佛蒙特的晚秋景致，就是那麼地扣人心弦，無怪乎賽珍珠的晚年生活選擇在這塊迷人的土地上，一處位於美國東北角與加拿大毗鄰的一個小鎮——丹比（Danby）。作為她走完人生歷程時的最後一站！那一年，她八十一歲。

走進佛蒙特（Vermont）的丹比（Danby）小鎮

就在我們離開山坡上的楓漿廠房，一路驅車返回表姐夫婦的度假屋途中，路過了一個小鎮街口，表姐夫把車停了下來，悄悄在我耳邊說這是著名作家Pearl S. Buck的故居！我猛然一聽，竟是我久仰已久的作家賽珍珠的故居，瞬間我已略顯疲憊的身軀，竟也不由自己的振奮了起來！「賽珍珠」這三個字，是我年輕時就已熟悉的名字，她曾經憑著小說《大地》在一九三二

作者在賽珍珠故居留影。

年獲得了普立茲（Pulitzer）小說獎，一九三八年更榮獲了諾貝爾文學獎！這部小說也曾在一九三七年改編成電影，但令人非常遺憾的是，那個年代，由於《排華法案》華人受到歧視的關係，小說中的男女主角全都由白人擔任，雖然如此，還贏得了奧斯卡金像獎的最佳女主角與最佳攝影獎！年輕時曾讀過她的小說《大地》（Good Earth），也看過她的小說改編的電影《大地》、《龍種》、《撒旦永不眠》、《庭院裡的女人》。對作者是賽珍珠，一點也不陌生！尤其對我這個來美留學，學的是漢學（東亞語言與文化）的我，更有一種久別重逢的感受！尤其是，她是美國人，自小在中國長大，又一直自稱為中國人，也是一個以中文為母語寫作的金髮碧眼的外國作家，她曾自稱「我的諾貝爾獎來自中國！」。這對那個年代裡，許多不了解中國的美國人，正透過賽珍珠的小說去了解到中國，尤其當時抗日戰爭初起，許多美國人包括華僑，他們願為中國人民艱苦的抗日戰爭解囊相助！證明她的影響力在當時是

賽珍珠的墓園。

有目共睹的。當我坐在她位於丹比小鎮上的故居門前階梯上，憑弔著她與中國那塊土地與人民朝夕相處了近四十年，回美國後始終與她熱愛的中國魂牽夢回，那長達一生一世如家人般的深厚親情。加上她與中國文學史上赫赫有名的文化人徐志摩、梅蘭芳、胡適、老舍交往。並與幽默大師林語堂有過深厚的友誼，卻因借貸因素而反目絕交！時逢那段各設立場的冷戰時期，她曾創辦《亞洲》月刊雜誌，專門介紹東方文化與翻譯不少中國作家的作品。她曾是第一個翻譯中國古典小說《水滸傳》（All Men Are Brothers／四海之內皆兄弟），是最早把水滸傳介紹給西方世界！還有許多中國經典作品都經過其手介紹給西方讀者，成為東西方文學交流的橋樑，令人十分敬佩。

從佛蒙特州回賓州途中

在我們開車離開佛蒙特州的路途中，在腦海中揮之不去的是，這位懷有中國情結的洋作家—賽珍珠，這位剛在佛吉尼亞州（Virginia）出生後四個月就被長老教會的傳教士父親賽兆祥（Absalom Sydenstricker）舉家遷居到中國去，那些年她的足跡走遍鎮江、宿州、南京、廬山等地。她甚至把鎮江稱之為《中國故鄉》，至今在中國南京大學（前身為金陵大學）的校園裡設有《賽珍珠紀念館》和她的雕像，紀念她曾在那裡教過英國文學。她曾經在鼓樓校區北園的西墻根下的一棟小洋樓寫下描寫中國農民生活的長篇小說《大地》（The Good Earth）。該小說於一九三二年榮獲普利茲文學獎，並於一九三八年美國歷史上第三位榮獲諾貝爾文學獎的作家。一九三四年賽珍珠告別了中國，回到了美國定居。寫到此，不知不覺中，車已開到了一個高速公路休息區，我和表姐夫進去商店為大家買了咖啡與當地的特色三明治，飯後再開車上高速公路，一路順暢地返回賓州表姐夫婦居住的新希望（New Hope）小鎮，此時已是傍晚時分，簡單的用了晚餐，表姐夫還特別為我安排了這次東岸之旅的最後一站——賽珍珠位於的賓州郊區的故居綠山農場（Green Hill Farm）。

第二天早晨，享用了穎穎表姐特別準備的早餐，踏進了豪爾表姐夫黑色的休旅車，開進了沿路綠葉紅葉枯葉雜陳的林蔭道上，十月中的美國東部，秋高氣爽的令人舒暢不已！我們兩位「加州客」，在這塊美利堅合眾國最早開創的歷史聖地上，顯得有些靦腆起來，似乎這裡的民風十分淳樸好客，沿途的行人都會和藹可親的主動跟你打招呼，商店裡、餐廳裡、咖啡館裡的服務人員也都親切周到地為你服務！

綠山農場（Green Hills Farm）

早餐之後，我一行四人開始駛往賽珍珠的最後安息之地——綠山莊園。這片莊園位於賓州的珀卡西（Perkasie）小鎮上，於費城以北三十五英哩，人口不到八千五百多人，當初賽珍珠購入這片農場是花費了四千多美元。在當時可是合理的房地市場售價。如今該農場已經成為尋找賽珍珠空間的一處國際文化中心。大多數賽珍珠生前的生活空間以及留下的遺物，都收藏在這個農場裡。車子開進了停車場，已經被這裡優雅的文學氣息吸引住！這裡環境很寬敞，典型的歐洲式木製建築風格，有美國典型的農場居住空間，是賽珍珠生前與她的家庭和她收養的兒童在一起生活的快樂天堂。走到農場的接待中心，有賽珍珠個人生平的檔案陳列室，以及琳瑯滿目的禮品店，有關賽珍珠的生平事跡，也都以現代化的音像方式做一一介紹。她傳奇的一生可分為兩個階段，一個在中國，一個在美國。在做完音像簡介後，我們在導覽女士的帶領下，進入她的生活起居處，參觀她的書房、圖書閱覽室、生活起居室、廚房、餐廳。她從中國收藏了不少儒家佛家的文物，包括孔夫子的肖像和《禮運 大同篇》，還有她珍愛的觀音雕像的收藏品等。幾個老式的英文打字機，成為她閉門寫作的文字工具。她一生孜孜不倦的寫過不少傳世不朽的文章與小說。她也渴望在餘生前，再重返她魂牽夢縈的中國，但卻在她離世的前一年，遭到了無情的拒簽命運。那一年正好是冷戰過後，中國與美國開始進入破冰之旅，兩國關係即將邁入正常化的前夕！主要原因是在當時敏感的政治因素。看到那封來自加拿大領事館拒簽的信件，深感政治之無情捉弄人，對一個垂暮的老太太，自認自己是中國人，中文是她的第一語言，這樣熱愛中國，並獲得國際殊榮的老太太，給與如此無情的打擊！令人深感遺憾與扼腕！

在綠山農場走了一圈，親身感受一下賽珍珠的生活空間，雖然這裡雖不是她最後渡過餘生之處！但也深受感動於她對中國深厚的情懷！她以中國為題材寫出的《大地三部曲》、《龍種》、《撒旦永不眠》、《庭院中的女人》的電影原創故事，對從小就熱愛好萊塢電影的我，對賽珍珠之名早已深植我心。車離開了莊園的建築區，我們在一塊指示牌旁停車，沿著道路走到一處墓園，這裡是安葬賽珍珠的石棺，石棺周圍圍縈繞著紅與黃色的花與草，石棺前的大塊岩石鑲上一塊金屬英文墓碑，石棺上則是根據賽珍珠的遺願，以中文篆字印上「賽珍珠」三個大字！石棺附近還有她的女兒 Janice 的墓碑和逝去的養子女們都安葬在她的墓園裡。這座墓園令人感到如此莊嚴而典雅。這整個紀念館和墓園都由賽珍珠基金會負責管理。這一位聞名世界的文學家、人文主義者與慈善家最後在這片土地上安息，雖然最後沒有能如願踏上中國大陸的那塊土地上！內心的悵然與寂寞是可想而知的，但隨著時間的腳步，她所留下來的文化遺產，也許在那個時代裡被誤解、被政治污衊、甚至遺忘。但經過歷史的考驗，她遺留的作品絕對會是珍貴的時代產物。

我的這次東岸行，最值得紀念的也是最珍貴的，就是毫無任何計畫，卻偶然地走進入賽珍珠的空間，也許是天意、也許是冥冥中有林語堂、有徐志摩兩位文學大家的偶然指示，讓我在偶然間走進他們的好友賽珍珠的空間。誠如那一天曾經走進林語堂與徐志摩的空間，是那麼偶然一般！感謝天！感謝地！感謝豪爾表姐夫、穎穎表姐還有家妻，為我編織了這個生命史上遇見的另一個偶然！

名言名句：

沒有任何事、任何人可以摧毀中國人！他們是善於從苦難中生存的堅韌之人。他們是世界上最古老的文明人！

賽珍珠（Pearl Sydenstricker Buck，一八九二－一九七三）

國王的眼淚
——印度泰姬瑪哈陵謁陵記

昔有玄奘天竺取經，今有茂俊神遊天竺，玄奘行走的是陸路，我茂俊則走航空路。跨過太平洋，滑入台灣海峽，越過中南半島，進入孟加拉灣，來到印度半島。藉著二〇一九年參加世界詩人大會，給自己神遊天竺有了最好的藉口。其實，實現我人生的世界四大古文明之旅，是我繼遊遍中國大陸古文明後，開始計畫走進的第二站印度，往後還得從長計議，繼續向西推進古埃及觀金字塔，暢遊尼羅河，再前往敘利亞、伊拉克，最後一路朝西進入古希臘古羅馬。

有人常問我，為何偏愛古老的國度，我笑說，那是我年輕時追逐人文精神的夢。希冀在歷史的長河中找尋人類文明中所創造的亙古遺跡，而我卻樂此不疲。

二〇一九年十月一日我踏上了印度西海岸的一座古城素有「印度神廟之都」的西部大城——布巴內斯瓦爾（Bhubaneswar），連續開了五天密集的世界詩人大會，再搭機北飛往印度首都——德里。自己當了兩天的獨行俠，自助地遊歷了德里的幾個名勝古蹟，第三天終於加入了三個來自南加州的文友，尤其要提的是我此行的貴人——名作家蓬丹女士，以及作家王克難與歐陽蘅兩位大姐加入我們最後一天的行程——不平凡的泰姬瑪哈陵之旅。

作者及南加文友與印度民眾合影。

那一天，我們迅即組織了一個小分隊，請了熟悉印度的藏族導遊扎頓，再配上一個司機，就這樣一行六人浩浩蕩蕩的前進那個被列為世界第七大奇觀而舉世聞名的「泰姬瑪哈陵」（Taj Mahal）。如果來印度不到泰姬瑪哈陵，就會被譏為不曾來過印度！「泰姬瑪哈陵」位於德里北方的阿格拉邦（Agra），車程需要兩個小時以上。中途還進了一個休息站，一起享受了印度在地的風土人情。一行抵達景區，坐了接駁車沿著迎賓大道進入了陵園，立刻就有一幕海市辰樓的虛幻情景映入眼簾！泰姬瑪哈陵佔地十分廣闊，大格局中擁有多處建築群，包括大門，庭院、主殿、清真寺和答辯廳。去過的人都說，從庭院中線的水池一眼望去，無論從任何角度看，或是從任何滾動的時間來看，都有著與眾不同的美感。在建築美學上是完全的交互對稱的，今

泰姬瑪哈陵為印度的驕傲。

朝，自己再親眼看去，果真如此！尤其拿著相機、手機猛拍，只要角度對了，張張畫面皆是佳作！望著這座用鑲著寶石的大理石打造出來的白色建築，這裡頭蘊藏著一部人類文明史上最偉大的愛情故事！印度莫臥爾（Mughals）皇朝的第五代皇帝沙賈汗（Shahjahan）為了紀念因難產而死去的皇后泰姬瑪哈（Mumtaz Mahal），在悲痛中大興土木興建這座皇室的陵墓，陵墓大約於一六三二年動工建造，動員了成千上萬的工匠，整個工程終於在一六五三年正式竣工，歷時二十一年，堪稱為印度的驕傲。

一九一三年的諾貝爾獎得主，印度詩人哲學家泰戈爾在詩作《情人的眼淚》中稱「泰姬瑪哈陵」為「面頰上一滴永恆的眼淚」。泰姬瑪哈皇后死後，沙賈汗皇帝終身不娶，足證兩人的愛情彌堅，縱使海枯石爛，此情始終不渝！這故事令慕名而來的各地遊客，為之動容！走進這座白色大理石上鑲著寶石的圓頂陵墓，來謁陵的遊客一律被要求穿著鞋套。在這座陵墓內，陵園管理處不允許遊客攝影，只能用肉眼隱約看見鏤空的屏風內，陳列著一具白色的石棺，但皇后的遺體並不在石棺內，而是在石棺的下端墓室裡與夫君沙賈汗合葬。此情此景更增添了整個陵墓的神秘感，令人頓生思古之幽情！

斯人已去，後人絡繹不絕地前來憑弔，來人無不輕聲歌頌，兩人愛情的偉大，這也是前來印度的訪客們，必定要來的歷史聖地，也是我這次來印度參加東岸布巴內斯瓦爾（Bhubaneswar）「第三十九屆世界詩人大會」額外的巨大收穫！而這一項最珍貴的紅利，為第一次走進印度的我，譜下了最難忘的終曲！在此，特別要感謝同行好友蓬丹女士、廖歐陽蘅、王克難大姊，有妳們一起同遊這個靈秀的歷史聖地，是我從前世涅槃修來的福份。真的是銘感五內，感謝藏族導遊扎頓與司機，經過十二小時長途的駕駛與陪同入陵園的詳細講解，最後我們一起共享一頓精美的印式中餐。他們的辛勞付出，讓我們避免了如瞎子摸象般地走入遊覽區內，瞎走瞎逛的冤枉路程！這也堪說是我們此次走進印度的福氣！在此，我虔誠的合十感恩！我還會再歸來。

《夢迴天竺》

前言

我始終相信佛教中的因果
所以走入印度的
前因是作家好友蓬丹的牽引
後果是由北美飛越了太平洋
來到了印度洋岸上的印度半島

印度詩哲泰戈爾冥冥中的吸引
聖雄甘地強烈的精神感召
與黃河文明相互輝映的印度河文明
屏幕上那令人驚艷的印度迪斯可
那裸著肚皮披著薄紗的婀娜女郎

就是這般致命地吸引著好奇的我

走在德里或孟買的街頭上
被印度人奉為聖牛的牛群
毫不在乎來勢洶洶的車輛
依舊老神在在地搖曳在街頭
這就是印度，我神往的天竺
一千三百多年前唐朝的玄奘
曾經踏足過的那一片聖土

二○一九年十月六日，參加了五天在印度舉行的第三十九屆世界詩人大會一閉幕，我立即跳上大會安排好的交通車，直奔機場，離開了這個素有「印度神廟之都」的西部大城—布巴內斯瓦爾（Bhubaneswar）。在此謹向這五天來朝夕相處的各國詩人代表與主辦單位的所有接待人員道聲「珍重再見！」，相逢自是有緣，萬分珍惜這份得之不易的異國情誼！

那天傍晚，飛機抵達新德里機場，立即搭計程車到達機場附近的旅館。這幾天來參加密集的文學活動的疲憊身軀總算在旅館中享受到一個來自異鄉的旅人，一睡到自然醒的境界！

第一天

由於自己習慣當孤狼，並未參加任何旅行團，便直接下樓到大堂索取德里的旅遊手冊，開始安排三天的德里旅遊路線，在旅館服務處的安排下，僱了輛旅館專車鬧進入了市區。

本計畫先參觀國家博物館全盤了解印度的歷史與文化，不料吃了個閉門羹，門口貼了告示當天因故閉館。於是就轉進了昆特普塔（Qutub Minar），那裡是印度最高的宣禮塔，是德里蘇丹國的國王昆特布玎．艾依拜克（土耳其語 Qutubuddin Aibak）興建此塔，是一個刻有阿拉伯語銘文的古伊斯蘭建築，高七十三公尺，共有三百七十九級台階。世界文化遺產之一。當日遊客如織，門票入口大排長龍，但外國遊客卻有優先權，禮讓進入！原因是外國人必須付將近十五倍的入場費。但若以生活指數計，還是很伐算！至少不必大排長龍。這裡的庭園充滿伊斯蘭色彩，建築雕刻也很細膩，庭園設計更是宏偉大氣，在這裡暢遊一圈感受一下伊斯蘭的庭園風格倒是很愜意。

遊畢昆特普塔，車駛入「印度門」前，由於遊客人滿為患，道路上大小車輛，根本無處停車，司機只好把我路旁放下，再算好時間在原地上車，走到這個號稱新德里的路標，它的原名為《全印度戰爭紀念碑》是一座四十二公尺高的凱旋門，建於一九二一年，是紀念第一次世界大戰與第三次英國——阿富汗戰爭為大英帝國犧牲的九萬名大不列顛印度籍士兵。門磚上刻了其中一萬三千三百名戰士的名字。由於又是人山人海，我只好沿著周邊的護欄，看看人潮與街頭景觀、照照相，再和印度孩子打打招呼，就直接上了車往下一站前進。

車子開進居民區的幾條路，到了一個路口，看到有不少人進進出出，我也隨著人群走進了一處百年歷史的古跡「階梯井」，這個古跡叫《阿格拉森紀保利》（Agrasen Ki Baoli），它藏身在德里的都市叢林中，走上去像是個古羅馬的競技場，不同的是，形狀是方的，下方沒有舞台，是個乾枯的老井。兩旁則是一層層的弧形的門框，門框上飛滿了不畏人的鴿子，在框上時而飛翔、時而降落，人們坐在一層層的階梯上欣賞著鴿子的各式表演，仿佛置身在馬戲團的精彩表演秀。這裡曾經也是印度巨星阿米爾汗電影（著名作品有《ＰＫ》、《摔跤吧！老爸》）的外景拍攝場景，不少影迷慕名而來此一遊。此處，讓我想起古代的先知們佈道的處所，讓整個階梯上坐滿了聽道者的盛況。

第二天

一早就上車，往德里的東部方向駛去，一路望去盡是車水馬龍，可以體會出印度是個世界人口大國，人口數字直追中國大陸。今天的城市遊路途稍遠，車輛因堵車走走停停，最後到了目的地——一個著名的古跡「紅堡」（Red Fort）。顧名思義的就是一個以紅砂岩色調建造在高聳的紅砂岩上的城堡。自一六三九年建造，歷時十年完成。這是一個歷史地標性的十七世紀的莫臥爾（Mughal）王朝的堡壘，沿著不遠的亞穆納河興建，始於沙賈汗皇帝時代，是當時的王宮。今開放為遊客參觀的博物館建築群。伊斯蘭式的建築風格，主要是因整個建築的主體呈紅色而得名「紅堡」。城內有幾座著名的宮殿，如大學士殿（Rang Mahal）是皇帝會見知名學者學士的地方。覲見殿（KhasMahal）是皇帝會見各國使節與高級官員的場所。五百多年的歷史建築物，是給各地遊客前來了解印度歷史文化的好去處！尤其是這座城堡輝煌的過去，見證了當時莫臥爾王朝的第五代皇帝沙賈汗對皇后泰姬瑪哈的深情懷念，也記載了當時大不列顛帝國入侵印度的殖民遺跡，令人益發出思古之幽情。

遊畢紅堡，再驅車前往下一個古蹟——神遊穆馬雍陵園（Mumayun's Tomb），這是莫臥爾王朝的皇帝穆馬雍於一五六五年開始興建，皇帝於九年後離世。這是一個充滿伊斯蘭建築風格的莫臥爾式的建築皇陵，該陵園的格局優雅細緻，外圍有堅固的防禦城墻圍繞。尤其內部圍繞皇陵的庭園設計，草木扶疏、百花齊放，讓整個陵園散發出濃郁的人文氣息，沒有前面幾個景點那麼地喧嘩吵鬧，走在陵園裡，有一種故國神遊的悠悠享受。登上城墻的階梯，居高遙望整個陵園，有君臨天下之感！由於階梯比較高大上，對我這年近七旬的老者充滿著危機感，尤其下樓時跨度太大，戰戰兢兢而面有難色，於是就有印度的年輕人，立即跑過來扶著我，一步步的往下走，讓我安全地走下城樓，不至引發意外！這是我這個異鄉人在天竺國因人生地不熟，卻不曾受到任何歧視或刁難，反而得到不少天竺國人溫馨的協助！特別是此行的很多攝影畫面，也都是印度年輕人帶給我的意外傑作！在此我真的非常的感恩他們發自內心的人情味！

最後一天

當了兩天的獨行俠，終於加入了三個來自南加州的文友，尤其是我此行的貴人作家蓬丹女士，以及王克難與歐陽蘅兩位大姐加入我們最後一天的行程——泰姬瑪哈陵之旅。

後記

走進印度
所見所聞
是好
是壞
是醜

還是被騙
畢竟是
我生命中的第一次
這一次
我不曾發生過
行前危言聳聽的
種種負面狀況
儘管如此
但還是要感謝朋友們
懇切叮嚀
耳提面命
讓我成功地實現了
夢迴天竺的願望

傑克森霍爾（Jackson Hole）小鎮

假如您來到
傑克森霍爾小鎮
您會發覺
那裡真的很牛仔

那一天沿著
大提頓公園園區
一路迎來遼闊的大草原
頂著白雪含笑的遠山
還有看不到邊際的翠湖
不時還會出現黑黝黝
正狂放奔跑的野牛群

走在大湖畔
我也不禁想來個
跳躍的快動作
可惜跳起來了
卻在降落時
因重心不穩
摔了一跤
所幸只有輕傷
沒事

遙望那無際的大草原
浮在我腦海的記憶是
一九九〇奧斯卡最佳影片
《Dace with Wolves／與狼共舞》
那幕幕撼人的野牛群
狂奔於大草原的景象

懷俄明州與愛達荷、蒙大拿接壤
該州雖然地廣人稀農牧業發達
卻寫下了豐富的美國西部拓荒者
與原住民部落從對抗到和睦相處的
一段歷史

遙想當年
南北戰爭的名將卡斯達將軍
受到原住民蘇族結合八大部落
夾擊於鄰近蒙大拿州的小大角（Little Bighorn）
以致全軍覆沒的悲壯往事
魂斷傷膝河已成了古戰場

今之傑克森小鎮
已聞不到昔日街道中
牛仔們於日正當中時

拔槍決鬥的硝煙味
這裡的酒吧、餐廳、
咖啡廳、娛樂場林立
來自四面八方的遊客們
蜂擁來此小鎮放鬆心情
吃飯、飲酒、跳舞、歡樂今宵
街上開了好幾家畫廊
牆上擺滿了
具有西部拓荒色彩的油畫
和原住民特色的手工藝品
讓過去西部牛仔格鬥的小鎮
成為今日遊客渡假休閒勝地

由於這裡有眾多野生動物
最著名的是麋鹿（Elk）
麋鹿新陳代謝下來的鹿角

構編成中央公園四個方位
的《麋鹿角拱門》
是遊客們爭相拍照的地標
漫步在街道上放鬆的閒逛
可以感受到一路
行人臉上充滿著陽光的笑容
當你需要人幫你拍合照時
還會有人過來志願地幫你

在大都市居住久了
厭倦了塵囂市儈味
特別嚮往這種田野生活
這個熱鬧又純樸的牛仔小鎮
真的可以充分滿足你
心靈上所欠缺的
那種快樂祥和的元素

小鎮外的美洲野牛。

讓你可以放空自己
迎向
屬於自己的天地

這就是傑克森霍爾小鎮
Jackson Hole

作者成了安妮霍爾銀河鎮上的現代華人牛仔。

第四篇 電影評論

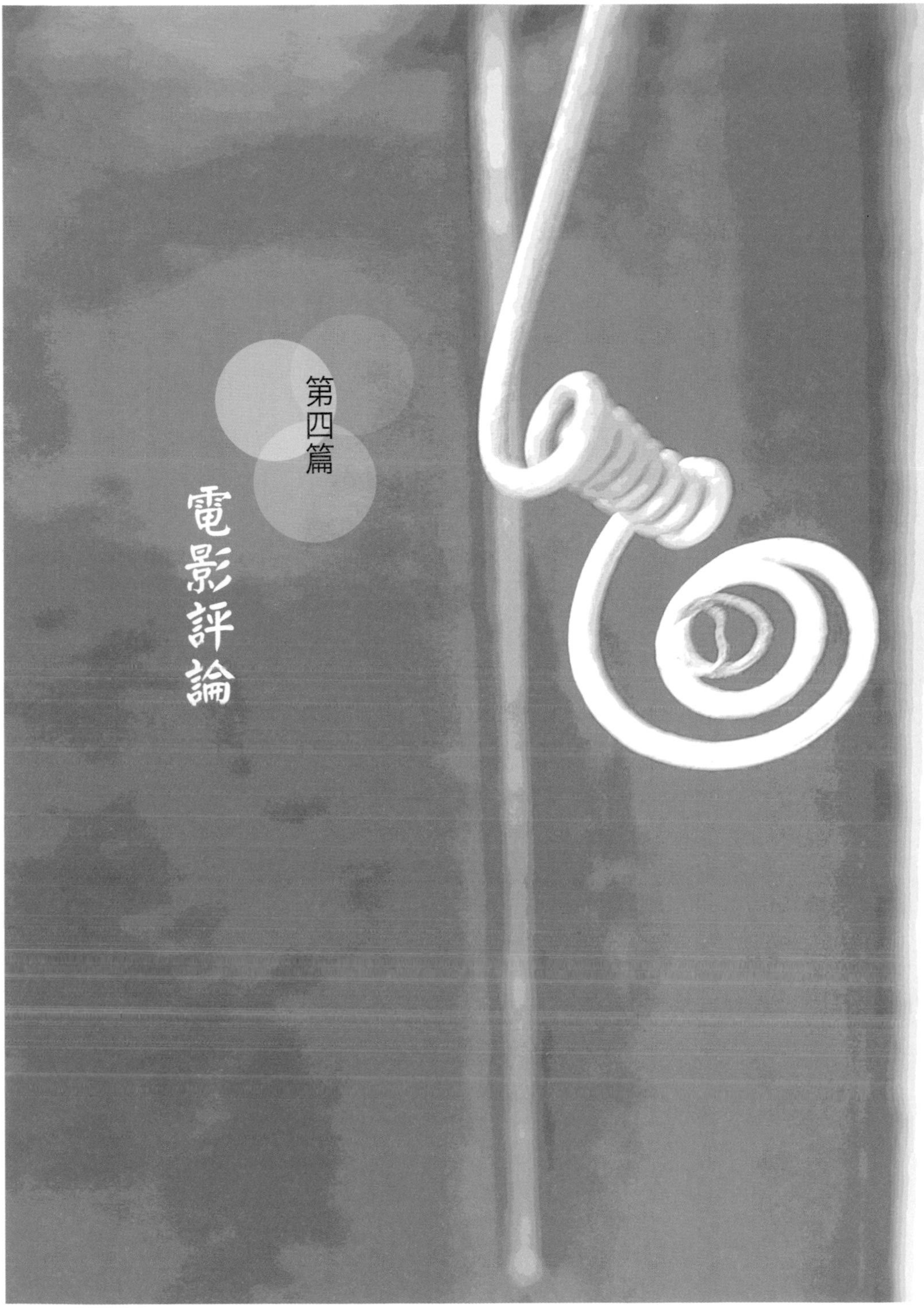

「同志」與「雞」

從去年（編按為二〇〇一年）的台灣電影金馬獎，到今年（二〇〇二）初的香港電影金像獎熱鬧揭曉後，港台兩地的電影觀眾似乎一窩蜂的纏繞在「同志」與「雞」的話題中打轉，甚至有成立「同志共和國」與「小雞俱樂部」的組織，以壯聲勢之大動作。「同志」與「雞」儼然在這一年裡，成了電影中唯一可以觸動人心靈深處的因素，而且至今還意猶未盡。兩個「同志」男演員（劉燁、胡軍）成了台港兩地新出爐的影帝，另一個「雞」演員（秦海璐），則以金「雞」獨立之姿，在金馬影展中風光戴上了影后的后冠。

中港台的電影經過近幾年來的交流，已經開始跨越了政治立場的隔閡，不再有過去強調彼此絕對差異的現象。從這次的頒獎典禮上，影帝、影后全是由大陸的演員獲得，見出端倪；而且電影故事描述的空間從過去偏重港台，到現在逐漸延伸到大陸內地，甚至到了遙遠的牡丹江，亦可見識到以往隔閡的解凍！在過去封閉的時代，港台拍片只能在影棚裡搭佈景來襯出大陸的場景，但現在，代之而起的是可以被允許地走進大江南北，以實景實地拍攝電影的地方情景，演員則來自兩岸三地的精英。這樣的結合，讓政治上的不統，卻因共同的民族、語言、文化和生活習慣，很自然地在電影中走上了實質的統一。《藍宇》和《榴槤飄飄》就在這種默契下，脫穎而出成為了兩岸三地一起製作的電影文化產品。《藍宇》裡的「同志」，《榴槤飄飄》裡的「雞」，由港台反攻到了大陸，成為這類社會禁忌的人物，過去只能出現在港台電影的銀幕中，卻拍進了北京的街頭和天安門旁的胡同裡，更漫步在冰天雪地的牡丹江河床上。

《藍宇》由一向以細膩手法拍攝女性電影著稱、而在成名後勇敢現身自剖是同性戀者的才氣導演關錦鵬執導，以身為同志的生活經驗，很寫實、很感性的將流行在大陸網路上的文學作品《北京故事》，改編成電影故事片《藍宇》，藍宇是電影主人翁中屬「女」同志的名字，一個很感性溫柔、有理想卻缺乏經濟支援的年輕大學生，為了金錢而賣身給同志圈內的「男」同志，一個高幹子弟陳捍東，兩人在一夜情後有了那種介於夫妻與兄弟之間那種難捨難分的情愫。在同性的愛慾煎熬中，兩人成了莫逆兄弟與恩愛夫妻。「同志之愛」在今天的北京仍然是不見容於正常社會的地下情，於是一場場分分合合的愛情戲，在兩位「男」主角經歷了天安門事件的考驗，加上當中的「男」同志回歸到正常的男女婚姻制度上的感情曲折，最後發覺正常的男女之愛不如過去與藍宇的「同志之愛」，而再度回到藍宇身邊，最後陳捍東因惹上官商勾結的經濟犯罪案，在可能被判死刑的那一霎那，藍宇傾家蕩產不顧一切的搭救陳捍東，才發覺真正的異性之愛，比不上超越異性的同性之愛。當兩人瞭解愛的真諦時，一場意外，讓兩位同性戀人成為天人永隔，空留遺恨。

《藍宇》這部影片，主軸是「同志之愛」，演員在導演的指導下，細膩的感情戲，大膽裸露第三點的同性床戲，的確演出非常生動自然。

如果對不習慣看同志電影的觀眾，如果將藍宇想像成一個真正的女人，對於那些露骨的親密鏡頭，就不以為意了。全片很生活化地把北京鮮為人知、受到壓抑的地下社會百態一層層的剖開，讓觀眾清楚的看到，大陸在改革開放後，社會開始走向了多元化的同時，一些資本主義社會經常發生的病態、常態，在這個曾經經歷過共產革命運動洗禮，過去人人皆同志的極權國度裡，已經沖破了禁忌，開始滋生萌芽，產生另一類型的「同志」！這種現象的出現，是否是整個國家社會的隱憂？倒是給我們帶來一個頗富爭議性的課題。

另一個爭議性的問題，是做「雞」這個行業，到起於何時？歷史之由來已不可考。在港台兩地以及歐美以「雞」為題材所拍的電影，可說是不計其數。在美國曾有大明星珍・方達在電影《柳巷芳草》中扮演「雞」而得到最佳女主角金像獎，在港台、日韓也有不少以「雞」為主題的電影獲得極高的讚譽。二〇〇一年推出的《榴槤飄飄》卻以很不同的角度來探討「雞」的問題，而且贏得了金馬獎的肯定。讓一個名不見經傳的學生演員秦海璐一夜之間成為家喻戶曉的明星。當然導演陳果，是成功推動搖籃的手。陳果是香港歷年來影壇上的怪傑，他的香港回歸三部曲（《香港製造》、《去年煙花特別多》、《細路祥》）為他捧回了無數的獎項，這部《榴槤飄飄》是在《細路祥》留下的伏筆後，為果迷拍攝的「妓女三部曲」的首部。

《榴槤飄飄》是一部象徵意味很強的電影，導演透過在香港特區的一個陋巷裡，一個洗碗的小女孩，和一個來自東北的小妓女小燕每天在來來往往的小巷，不經意地產生出微妙的情誼。透過小妓女每天隨著馬伕（皮條客兼保鑣），馬不停蹄的進出賓館，陪洗過無數的澡，之後還不忘提醒恩客「小費給多點！」，道盡了多少「少小離家」闖天下的遊子，為衣錦榮歸所付出的沉痛代價。而洗碗的小女孩也有她和家人的難題，那就是隨著父母入境團聚，卻必須在居留到期之前和父親分別，離開香港。在法律與情理無法相容下，被迫驅逐出境。電影的象徵意義在那顆長滿刺的榴槤，不知如何下手切開的父親，好不容易切開的榴槤，終於切開了，有人說好香好吃，有人卻頻頻喊臭。人生的滋味是否像顆榴槤，各人有各人的滋味定義？

電影的下半部是小燕回到牡丹江的老家，身心俱疲的她，卻被捧上親友裡混得最好的人，她必須裝扮成衣錦榮歸的樣貌，無奈的面對兒時的同窗、玩伴，以及即將破滅的婚姻。不知情的父母親也以她為榮，為她大宴親友，其中更有託付她將小表妹帶到南方賺大錢的親友，殊不知當年純真無邪的小女孩，到了南方是如何用自己的軀體換得了餐桌上的酒肉，家庭經濟是改善了，但是這位曾經是戲曲高材生的小女人，她所受的創傷，是心裡永遠無法療治的痛。一直到洗碗的小女孩以郵包寄來的榴槤，對北方人來說，南方出產的水果，從它外形的怪模怪樣，到不知如何切開的窘態，切開後飄來的陣陣味道，是臭是甜，是只有吃過的人才能分辨出真正的滋味來。

《藍宇》與《榴槤飄飄》裡的「同志」與「雞」是社會壓抑下的產品，暴露出目前社會在改革開放後，已經產生的現象，如果以不成熟的嘲弄態度來對待，將會使得被壓抑的人，活得更鬱鬱更低聲下氣。如果今天我們不能以悲天憫人的態度看待，起碼就須以基本的人道觀點來對待。電影點出了問題在哪裡？但並沒有告訴我們如何去解決？兩部電影的藝術價值受到了影展的肯定，也受到了觀眾的喝采，證明了觀眾對「同志」與「雞」這樣的題材從過去的排斥，到今天有了較成熟的看法，究竟我們都活在一個地球的土地上，不管他或她的性取向是什麼？不管她或他過去作過雞或鴨？我們都應該以平常的心來對待我們每天見面或者是未來可能會見面的人。究竟這樣取向的人，只是社會中的少數，我們不可能因少數人的影響而導致性別錯亂，也不會見了街上行走的人就隨便認定是雞或鴨。您說是不是？

我的電影大夢

我之所以愛上電影，緣起於母親的胎教，一九五〇年代初期的台南，受新式高中教育的她，就愛上當時流行於台灣的好萊塢電影！聽母親說，在台南女中唸書時，一下課，就常和三五同學到西門鬧區（編按：台南市的西門路和中正路一帶）的一個好同學家附近的電影院看電影。那時她還是個情竇初開的十五、十六歲的少女！不久，在一個因緣際會的偶然中，在台南火車站遇上了一個在鐵路局擔任護車的小警員——我的父親，一個來自中國大陸湖南省的外省人；當時二二八事件的硝煙剛平息，省籍仇恨已經挑起，卻由於歸還一本書，促成了一段懵懵懂懂的姻緣，不滿十七歲的母親，為了逃避挨打，毅然逃出嚴厲保守的家門，私奔嫁給了薪資低微的父親。在她懷了我以後，為了打發時間，常把她平時節省下來的買菜錢，買了票和她還沒畢業的同學一起去看電影。

也許是遺傳的基因吧！我出生後就被眾人抱著去看電影，自然也就愛上了電影！記得當時好萊塢的電影，最受歡迎的是黑白片「北非諜影」（Casa Branca）、與剛出爐的彩色片「亂世佳人」（Gone with Wind）、羅馬假期（Rome Holiday）。

十一歲隨父親調職台北，全家搬進士林社子警察新村，幾乎每月都有上級單位派來慰勞警察眷屬的電影宣導隊。那時天剛一黑，我總是會和妹妹們搬著小板凳，和一大群眷村小孩們，坐在臨時搭起的簡陋銀幕前，等待著電影的開演！當時映在腦海令人難忘的畫面是——起立唱國歌時，迎著風前後搖曳的銀幕，產生一種飄飄然的感覺，讓整個心逐漸飄入電影的畫面裡！當時的電影，大都是政治宣教影片與配合國策的健康寫實電影。最常見的標語就是「小心！匪諜就在你身邊！」、「保密防諜，人人有責！」。當然，「反攻！反攻！反攻大陸去！」一直是當時電影播出前不絕於耳的背景音樂！

六〇年代台灣最轟動的電影是《梁山伯與祝英台》，這是來自香港邵氏公司出品的黃梅調愛情大戲，由李翰祥導演，凌波反串梁山伯，樂蒂飾演祝英台。這部電影由於劇情動人、演員漂亮、布景華麗，而成為一部叫好又叫座的電影！因為太好看了，所以很多人都連看多遍，因此票房一路飆升，創造了台灣電影票房的新高，而且還破了記錄！我也和母親拖著一家人到西門町的電影院連看了五遍，因此腦海裡幾乎充斥著悅耳的黃梅調，像是「十八相送」、「訪英台」、「樓台會」等電影插曲，幾乎是走到哪裡，唱到哪裡！也聽到哪裡！

那年，凌波自香港跨海來台灣，從松山機場到市區大街，所經之處，幾乎都是萬人空巷、夾道歡迎的熱鬧情景，其盛況遠遠超越任一外國元首來台訪問的場面！當時凌波小姐女扮男妝的俊俏，呆頭鵝的愣愣罔態，影迷不分男女老幼都為之傾倒；那時熱烈的情景，都不時地浮印在人們的腦海裡，難以忘懷！《梁祝》賣座之後，邵氏公司乘勝追擊搶拍一系列的黃梅調電影，都由凌波主演，如《七仙女》、《花木蘭》、《女駙馬》、《血手印》、《魚美人》等電影相繼來台灣，部部都掀起了熱潮。甚至他人主演、或是台灣製片公司跟拍的黃梅調電影，也都一樣叫座。除了黃梅調電影風潮，另外由林黛主演的文藝片《藍與黑》、《不了情》、《千嬌百媚》也帶動了文藝片的興起。六〇年代，在台灣本土值得一提的是李行的崛起，他首先拍了一部台語片叫《王哥柳哥遊台灣》，捧出了兩位一瘦一胖的諧星矮仔財、李冠章，後來為了當時的需要開始走健康寫實路線，因此相繼拍了《蚵女》、《養鴨人家》、《路》等膾炙人口的寫實佳作，也是我和母親從不錯過的電影。

七〇年代，我從青少年進入青年期，對一個不識情為何物的我來說，大學校園成為我們青年男女試驗愛情的伊甸園，而那個時代，社會則興起了一股瓊瑤小說與愛情電影熱潮！導演李行與編劇張永祥合作，成為第一個把瓊瑤小說改編成電影的著名導演。從六〇年代後期的《婉君表妹》、《啞女情深》開始，到之後七〇年代成為瓊瑤電影的全盛期，當時的《彩雲飛》、《海鷗飛處》的大賣座，其後有《煙雨濛濛》、《庭院深深》、《幾度夕陽紅》等佳作，讓當時懷春的青年男女的戀愛模式走入了三廳，戀愛情節也進入了悲歡離合、情感錯綜複雜、糾纏不清的境界，結局不是悲劇就是飽盡煎熬後的大團圓！我的愛情夢幾乎也似這樣地走入三度空間的涅槃境界！愛得辛苦、愛得死去活來是瓊瑤電影的標準方程式，我們卻被迫走進瓊瑤佈下的陷阱！回味那個年代，瓊瑤電影配合劉家昌、莊奴、左宏元創作的流行電影樂曲，影畫中，男生

廖茂俊從小就對電影情有獨鍾。

一件襯衫、一條牛仔褲，女生一襲飄逸的洋裝，蔚成一種戀愛的標準時尚！我們彷彿陶醉在電影的睡夢中！

七〇年代在台灣的中華民國，經歷了退出聯合國、台美斷交的困境，為了提升國民士氣，大量的愛國主義電影因應而生，最振奮人心的有《英烈千秋》、《八百壯士》、《筧橋英烈傳》、

《梅花》等抗日巨作，以及《八二三砲戰》、《古寧頭大戰》、《皇天后土》等反共大片，成為當時本著「莊敬自強」、「處變不驚」的口號來提振全民士氣的最熱門的電影！七〇年代那精彩的十年，也造就了一位國際巨星的崛起與像流星般的隕落，那就是——李小龍，他的電影《唐山大兄》、《精武門》、《猛龍過江》在國際上大放異彩，記得在台北西門町的萬國戲院上映時，排隊的長龍幾乎繞過了幾條街，當電影中李小龍凌空一腳，踢碎了百年來「東亞病夫」的木匾時，戲院裡的觀眾頓時爆出如雷的掌聲，可見得李小龍為中國人出了一口壓抑百年的悶氣，多振奮人心啊！因為李小龍，讓全世界的華人地位一時間提升了上來，中華民族百年的噩夢，終於隨著李小龍的功夫電影揚名世界而甦醒！從此中國人不再背負「東亞病夫」的衰弱形象，幾十年來，隨著中國大陸的崛起，不但在歷屆奧運會上強力攫刮獎牌，華人在經濟上的實力，也同樣讓世界刮目相看！

八〇年代，我負笈來美，一晃三十多年，可能隨著歲月容顏漸漸老去，唯一 Update 不變的是，我依然不改我志，始終如一的愛著電影、看著電影，不分中外！我寧可每天做著我的電影夢，也不願被人突然驚醒，因為在電影的夢幻世界裡，我可以像《〇〇七情報員》、《超人》、《蜘蛛人》、《星際大戰》等主角一樣的讓我天馬行空地擴展著無盡的想像空間，讓我又愛又恨，又痴又狂！《與狼共舞》讓我像個剛打完南北戰爭的牛仔，騎著馬隨著成千的美洲野牛在浩瀚的西部大地上自由的狂奔！電影激發了我的靈感、讓我從電影看見人生的光明與黑暗，電

作者是《星際大戰》的那代人。

影啟發了我的求知欲，讓我因為電影，而去做更深層的研究，無論是科學新知，人文地理，都增廣了我無窮的知識領域！電影可說是我的啟蒙老師，更是我的夢！

多年來的累進，我逐漸從一個未曾上過一天電影專業課、表演課的電影迷，成為一個業餘的電影評論員，在雜誌上持續性的寫影評、在收音機上和電視上接受主持人專訪，在媒體裡講述我所熱愛的電影，我不僅談電影的製作、導演、演員、劇本、配樂、音效、攝影，還談電影對人類歷史、文化與社會的影響力與教育功能。十年前我受邀成為中美電影節的主委，三年前再躍上電影節的舞台上和著名的製片人、演員一起擔任頒獎人，這過程彷彿是我的人生從做夢的影迷逐步走進了電影現實的舞台，一半如幻一半如真！當我在奧斯卡的慶

作者擔任中美電影電視節委員與頒獎人。

功宴上，第一次見到了我最崇拜的導演李安，當他慷慨的讓我手握他平生的第一座奧斯卡金像獎的那一霎那，他的謙卑與平易近人，讓我萬分敬佩！之後幾年，我見到了很多著名的演員如歸亞蕾、郎雄、蕭芳芳、袁詠儀、周潤發、楊群、胡燕妮、徐靜蕾、張靜初、宋佳、趙薇等等，導演尹祺、袁和平、馮小剛、徐小明、陳國星，編劇家張永祥、孫正國，作曲家蘇雋杰等等。多年來與他們做近距離的接觸與交流，才發覺故夢已成真，原來夢與真實，竟然只有一線之隔！在銀幕上，他們曾經是我的夢，在走出銀幕後，沒有了明星的閃爍烘托，他們也和我一樣是活生生的真實！

走進鄉土中國的張藝謀

張藝謀，這個在國際影壇上，獨領風騷、叱吒風雲的中國導演，如果列出他從影以來所完成的作品，堪稱十分亮麗，尤其在奧斯卡金像獎幾度進出，在東京影展、坎城影展、柏林影展、威尼斯影展等國際電影節，他又是海峽兩岸導演中，為中國人贏得高度榮耀的第一人。一九九六年他是美國娛樂周刊選出的當代世界二十位大導演之一，一九九八年美國時代雜誌選他為世界十大風雲人物。有人稱他是中國的黑澤明，是因為他和黑澤明一樣，是少數在國際影壇上受到肯定的亞洲人；但是相對的，他也和黑澤明命運一樣，沒有受到自己同胞普遍的認同。這究竟是中國人的欣賞水平有問題？還是曲高和寡？還是文人相輕使然？張藝謀就是這樣一個受到人喜愛，也受到人嫉恨的中國導演。今天的好萊塢已經開始對中國導演、演員、武術指導，甚至其他人材，產生高度興趣，因此導致這幾年來，來自海峽兩岸的電影工作者大量的搶灘好萊塢，唯獨張藝謀這位導演，始終堅持不離開自己的土地，他要拍自己所謂的代表自己本土的電影。猶記得有人問過他，是否有意進軍好萊塢？他說過，離開了自己的土地，就像失根的蘭花一般，因此他寧願留在中國，和中國的土地、人民連結在一起，拍出屬於自己，也屬於中國人的電影。

從為陳凱歌導演掌鏡的《黃土地》開始，到在吳天明導演的《老井》中擔任困在老井裡與女主角產生微妙情愫的那位粗獷樸實的鄉土人物，甚至還在香港導演程小東的電影《秦俑》裡軋上秦將蒙天放一角。那都掩蓋不住他那才華橫溢的內斂外表。他外表有著一張像黃土高原一般空曠、蒼涼、純樸的臉，臉上卻佈著比他同年代人稍多的滄桑皺紋，腦子裡充滿著理性與感性交織著的創意空間。就這樣一部《紅高粱》（一九八八），贏得了柏林影展的金熊獎，震撼了國際影壇，接著《菊豆》（一九九〇）、《大紅燈籠高高掛》（一九九一）、《秋菊打官司》（一九九二）、《活著》（一九九四）、《搖啊搖，搖到外婆橋》（一九九五）的推出，不但兩度提名了奧斯卡金像獎（《菊豆》、《大紅燈籠高高掛》），一次金球獎（《活著》），更讓葛優因為《活著》，登上了坎城影展第一位為中國人贏得影帝的殊榮，而鞏俐，這位從《紅高粱》到《大紅燈籠高高掛》一路合作無間的紅顏知己，也成了蜚聲國際、光芒四射的中國女明星，並且還受邀成為坎城影展的評審委員。

在一系列張藝謀的電影中，導演總是藉挖掘中國舊社會的陰暗面，來暴露生活在舊社會裡各類小人物的生活實景，在吃人的禮教與分配不公平的社會環境壓迫下，使勁而奮力的掙扎，在掙扎到完全失去韌性時，就開始反撲，最終釀成了悲劇。這種藉著電影的視覺感受與戲劇張力，強烈地控訴和批判當時的舊社會，這樣的題材幾乎成了張氏早期電影的特色。在當時嫉妒也羨慕他的人，總是批評他為何總是不拍點對社會有正面意義的電影，認為他的電影藝術對社會的教化起了負面作用，甚至還給他戴上「以古諷今」的政治大帽，連參加國際影展時，也受到官方的橫加阻撓。想想過去中國近百年來的苦難，又怎能讓中國人可以正面地笑出來呢？只有不斷的警惕自己，檢討自己，才不至於再陷以往的苦難。當然張藝謀在電影上不一定是常勝將軍，他為商業而拍的《代號美洲豹》、《有話好好說》並沒有因張藝謀的名字而受到國內外的青睞，所以張藝謀並不是完美的。

在張藝謀近期的電影裡，張藝謀有了新的走向，那就是他走進了鄉土，也擁抱了那些胼手砥足的鄉土人民，這在一九九二年的《秋菊打官司》電影裡，已經藏了伏筆，他願意為農民說話，因此藉秋菊這樣的一位簡單淳樸的農村婦人，經過層層的官僚體制，一關又一關，一卡又一卡的從農村到城市，到處找人幫忙訴訟，儘管不是什麼大不了的案子，只為的就是爭回那一點基本的人性尊嚴，奪回一個「理」字。一九九九年的《一個都不能少》，他大膽的啟用了一批從沒有演戲經驗的農村青少年，藉著北方貧窮農村的一個十三歲的小學代課老師魏敏芝，由於原任課的高老師再三的叮嚀：「一定要把學生看住，一個都不能少。」就為了恪守這句承諾，這位小女孩，和其他小學生作童工在磚廠搬運磚頭，來共同籌措旅費，以找尋一位家貧而被迫輟學到城裡當童工的小學生。最後歷經千辛萬苦，憑著鄉下人堅毅不拔的傻勁，排除了萬難，找到了失蹤的小學生，也因此而受到了廣大社會人士對農村教育的重視。這部電影以「新寫實主義」的手法，忠實的反映出目前中國大陸農村與城市的巨大差異，偏遠農村小學的校舍簡陋落後，物質的匱乏，讓老師和學生在那環境下，不得不用看起來誇張又小氣的方式來節約教室用品。這部電影反映出在改革開放後的中國，社會環境產生了巨大的變遷，在都市成為經濟發展的重心之後，城市與鄉村的差距逐漸加大，已經成了中國經濟發展的隱憂。張藝謀以這部電影來探討中國農村教育的問題，同時，也對於快速的經濟發展，造成功利主義的抬頭，尤其是商場上爾虞我詐的伎倆層出不窮，人與人間的承諾，不再像過去般的信守口頭上的「一言九鼎」。當然，一句農村小姑娘負責任的承諾，雖說只是一句話，卻能盡全力地去信守它，實現它。這著實也讓在都市裡所謂的文明人士，多少能產生一種啟示作用，那就是返樸歸真，把人類的良知、良能帶進世界的每一個角落。

跨過千禧年，另一部張藝謀的鄉土電影又推上了國際舞台，那就是《我的父親母親》，英文名稱是《THE ROAD HOME》（回家的路），張藝謀以今天的農村為背景，用黑白色調的畫面帶進一個從都市返鄉奔喪的外流知識份子，回到老家後，和母親共商如何把客死他鄉的父親遺體迎回鄉下老家，攝影鏡頭透過一張父親、母親結婚時的合照，用倒敘的手法，再把觀眾帶進了五〇年代解放過後的偏遠農村，那是一個色彩瑰麗的農村社會。淳樸的農民們正在歡迎一位新上任的年輕老師，那就是電影主人翁的父親，而歡迎人群中，一位情竇初開的十七歲少女，含羞帶怯的看著年輕的老師，那就是電影主人翁的母親。畫面的「現在」是黑白色調，「過去」卻成了彩色，這是張藝謀的巧思設計，給觀眾留下了許多想象的空間。璀燦的色彩是父親、母親年輕時的意境，那種充滿純真無邪，只有關懷與付出，含蓄的情意表達，一眉一目，一顰一笑，把男女愛情的信息表達到極高的境界。送公飯時的韭菜盒子、白底綠花瓷碗，象徵著少女的濃情蜜意，這和墨西哥導演艾爾方索的《濃情巧克力》（Like Water For Chocolate）裡少女用作菜來表達內心的情慾世界，在東西方的電影世界中，有著異曲同工的效應。初出茅廬的章子怡飾演的年輕母親，在鏡頭前帶點羞澀而不失自然純真，直教人對她在銀幕上的影像驚艷不已。一向有點石成金、獨具慧眼之能耐的張藝謀果真讓章子怡繼鞏俐之後，成為另一顆閃亮的明星。

《我的父親母親》編織出的愛情故事，不僅故事、人物場景簡單，卻真實的反映我們逐漸失落的那份真、善與美。張藝謀對人類的關懷，希望透過他的電影赤裸地表達出來，他不需要暴力、也不需色情，乾乾淨淨的把人類最真的情感表露出來。「母親」自始至終對「父親」的愛，像織布那樣一絲一絲的織出來，「父親」對鄉土的愛，用盡一生的心力在那個偏遠貧窮的農村裡，作出無價的奉獻。這部電影以豐富的視覺影像，委婉的配樂，一個節奏接一個節奏的告訴我們那是一條「回家的路」，我們什麼時候再回到那個淳樸、真誠、無私的家，張藝謀就這樣的給了我們一條路，那就是回到我們真正的「家」。

記憶中的劇作大師黎錦揚

一個跨過一個世紀又三年的老作家——黎錦揚先生。十一月十二日孫中山先生一百五十週年誕辰的那天，我和北美華文作家協會的總會長吳宗錦、秘書長彭南林在他位臨近好萊塢 LA Miracle Mile 的寓所與他有了個忘年的浪漫接觸！

在以往與黎老片面的接觸都是在他還是資深舞男的小時代裡遇見，那時的他大都是和一些資深美女環繞在身旁，要不，就是在一些嚴肅而正式的宴會活動中，寒暄問好的情境下，進行少有的互動。對於這位曾經在中國近代史上，已佔有歷史地位的傳奇人物，我只能在文獻上略

作者與已故好萊塢劇作家黎錦揚合影。

知一二，在文化的江湖史上，黎家的兄弟號稱《黎氏八駿》，他們曾經在那個西潮洶湧澎湃的年代中，曾經激起過眩目多彩的歷史浪花！至今仍餘波蕩漾……

記得小時候在台灣，和母親一起在戲院看來自好萊塢的電影《花鼓歌》時，對當時華人在好萊塢電影裏的出現，一直充滿了好奇！尤其是好萊塢電影裡，被妖魔化、卑劣化與娼妓化的華人銀幕形象，一直存在著一八八二年簽署的《排華法案》到二〇一二年正式為法案道歉，那段歷史背後的幕幕陰影。在那年代裡，老一代華僑似乎都躲在中國城陰暗的角落裡，說自己的母語，吃中國飯過自己的年節，和主流社會格格不入，永遠是強者與弱者之分！黎錦揚先生的《花鼓歌》（The Flower Drum Song）在一九六一年問世後，開始讓華人在好萊塢電影裡，有了正面的銀幕形象！黎錦揚先生不僅是個著名的劇作家，到他二〇一八年十一月八日逝世之前，一直都筆耕不斷，他享年一百零三歲！記憶中，他的追思會就在洛杉磯聖蓋博市的二戰名將巴頓將軍家族的墓園教堂裡舉行，我和洛杉磯文藝界的友人們一起參加了這個追思會。他的確是個令人敬仰的華人作家！

北美華文作家協會的文友聚會，中間為前任會長吳宗錦與新任會長游蓬丹。

愛上電影 不是我的錯

愛上電影，不是我的錯！主要是電影太迷人！從小老爸總是告誡我：「勤有功，戲無益。」不要沉迷於戲！生性隱性叛逆的我，竟也一路沉迷到今天！而且還執迷不悟，一路癡愛到底！即使新冠肺炎肆虐的今天，南加州的電影院關閉了快一年，仍然無法阻擋我愛看電影的一顆火熱的心，只要是有一丁點的「突破口」，我都會試圖將新出品的電影弄到手，再拿到家裡的電視上，配好音響，活像個家庭電影院的發燒友，打開DVD機放入電影光碟，享受那剎那間的快感，再加上一杯熱騰騰的好茶、好咖啡，搭配微波爐自爆的爆米花，此時此刻，茂俊也不改其樂也！在這段惱人的疫情中，從網路上、新聞上得到的信息，還有在南加州以外的地區，具有高知名度的電影，如迪士尼公司醞釀已久，由中國演員劉亦菲主演的大片《木蘭》，雖只能花錢租來在Netflix頻道看到，我也都找來看了！又如去年炒得沸沸揚揚的克里斯多福·諾蘭（Christopher Nolan）的《天能 Tenet》。以及在大陸受限延期一年再推出來上映，竟然「疫」軍突起的成了全球最賣座的抗日電影《八佰》。除此外，這段期間，還有延續《人在囧途》系列的《囧媽》、描寫韓戰戰史的《金剛川》、香港警匪電影經典《拆彈專家2》、大陸女排稱傲世界的勵志電影《奪冠》、香港落魄而無家可歸的族群生活電影《麥路人》、甄子丹改變形象的功夫喜劇電影《肥龍過江》，以及根據香港同名舞台劇改編的《聖荷西謀殺案》。都是我在疫情間觀看到的好電影！

我至愛電影，起於出生前母親的胎教，母親出身於台南女中，在當時算是很前衛的一代，在我出生後，母親經常拉著我的小手，走進台南市西門路，她同學開的玩具店，彼此寒暄一番後，就踏進隔壁的電影院，看她早已計畫已久的好萊塢電影，還有香港電影，所以五〇、六〇年代的熱門電影《亂世佳人》、《Sing in the Rain 雨中歌唱》、卓別林的默片《城市之光》、《櫻花戀》、日本黑澤明的《七武士》，甚至台語熱門電影等等，都曾伴隨著幼小心靈的我渡過了懵懵懂懂的童年！

六〇年代，隨著父親調職到台北，住在警察新村裡，每個月都有村辦公室安排的電影欣賞會，每到夜幕低垂時，我總會領著妹妹們，拎著小板凳，走到預先架好的銀幕前，占好最佳視覺的位子，癡癡的等著電影的開演，當開始月黑風高時，電影在和風的吹拂下，照射在微微顫抖的銀幕上，首先放映的是國歌，於是大家立即全體肅立，再來就是當時的政策宣導影片，最後就是當晚放映的主題電影。記得當時李行的電影盛行一時，譬如《王哥柳哥遊台灣》、《白賊七》、《婉君表妹》、《養鴨人家》、《蚵女》電影都是在晚風搖曳下觀看的大片！

七〇年代，我的青少年期，開始對史詩電影產生濃厚的興趣，如《賓漢》、《十誡》、《萬世英雄》、《大羅馬帝國》、《埃及艷后》、《桂河大橋》、《阿拉伯的勞倫斯》、《齊瓦哥

作者愛電影成癡。

醫生》、《雷恩的女兒》，都是我看完電影後，就立即鑽營在歷史的書堆裡，尋找電影的歷史背景和真實的人物，並樂此而不疲！因此我的文科一直都很強，英文數理科目卻糟的一塌糊塗！本就是就讀於放牛班的高中，卻最後的結局是，我成了大學聯考放榜後所謂的「吊車尾」考生！從此也奠定了我後來一帆風順地走上文史研究的研究生、學者，最終成了文史科目的工作者直到功成身退！或許這都是拜我對電影的熱愛與信仰！

一九八一年我負笈美國，在嚴苛的學習環境下，作為一個必須半工半讀完成學業的苦命留學生，又在世界電影之都－好萊塢的洛杉磯郡生活，當時除了繁重的課業，與必須打工才能維持生計的前提下，我還是會如擠牙膏似的，擠出緊湊的時間偷跑去看電影，記得我在

廖茂俊多次受邀為電影做評析。

洛杉磯看的第一部電影是《法櫃奇兵》（Raiders of the Lost Ark），那是在好萊塢大道上的中國戲院看的！我記得那一天我真的是雀躍不已！居然會在好萊塢，一個我平生最嚮往的電影聖地，看了我來美後第一部電影！而且還是騎著自行車去的！

如今時隔四十年，我幾乎觀看了每一年電視轉播的奧斯卡金像獎頒獎典禮，也繼續前進電影院看電影，家中也收藏了堆積在家裡的幾千部中外電影光碟！從十六年前起，我也曾受邀到電視台、廣播電台還有報社作為嘉賓評析電影，甚至走上舞台成了中美電影節的頒獎典禮嘉賓與籌委會委員！我不禁捫心自問：「愛上電影，難道是我的錯嗎？」

儘管如此，剛去世的香港喜劇明星，巨星周星馳的電影裡的老搭檔吳孟達，達叔說過這樣一句耐人尋味的話：「他們重複著被我騙，騙了兩三代人。」而我，就是那個甘心受騙的那一代人！難道是我的錯嗎？

遇見我們逝去的《芳華》

第一時間：九月初的某日

地點：在洛杉磯十號高速公路上

每天上下班時間，總一個人駕車行駛在全美交通最繁忙的十號高速公路上！熙熙攘攘的車陣，在前車與後車保險桿的有限距離內，亦步亦趨地緩慢行駛。家住衛星小城，開到市區的學院僅有十五英里的車程，在尖峰時刻，必須得開上一個小時以上！就這樣二十一年的杏壇歲月，在不知不覺中來去匆匆的渡過！在漫漫的路程中，最享受的時光莫過於聽著車裡預錄的歌曲和輕音樂，要不就是聽此間中文廣播電台的新聞報導和時事評論！偶爾會抬頭向兩側微移，看看站在高速公路兩旁的廣告看板，每天的看板幾乎是英文，有時會出現西班牙文。偏偏那天大大的看板出現了兩個中文字，並且是簡體字，那個字體很藝術化，像一個翹首佇立雙足的芭蕾舞者，又像在風裡飄著的一朵小花！直覺裡，像是個商業廣告，也沒用心去注意！

過了幾天，在娛樂新聞報導裡，看見馮小剛導演要發新片了！新片片名叫《芳華》，原來站立在高速公路旁的看板《芳華》是馮導的新作！以前我對馮小剛的電影，始終停留在賀歲電影的階段，從看他在一九九四年大賣的賀歲電影《甲方乙方》開始，我對他的電影一直停留在商業電影的範圍內，一直到二〇〇四年拍攝的《天下無賊》後，讓我眼睛一亮，只因他把商業和藝術巧妙地連接在一起，對以後電影的取材開始走向了多元化，電影的攝影技巧更趨成熟流暢了！之後，他首次嘗試以戰爭為題材，加上為退伍軍人討回公道的訴求，他首次拍了一部令人震撼的電影《集結號》，接著一部部膾炙人口的電影各以不同的形態熱烈上演。他可以拍出令人笑出眼淚的喜劇，如《非誠勿擾》，他也可以拍出災難電影如《唐山大地震》、《一九四二》那樣氣勢磅礴的史詩巨片。不讓張藝謀的《秋菊打官司》專美，他也在《芳華》之前推出了一部《我不是潘金蓮》，藉著民間的弱勢婦女來控訴與挑戰當前大陸的官僚主義與腐敗的現實社會，曾經引起各界的討論！

一個難得一見的告示牌，將我的眼光開始移向了對《芳華》的關注！原來電影《芳華》即將在九月二十九日在美國幾個院線與中國大陸同步上映。從此，我開始日日期待《芳華》上映的那一天到來！

第二時間：九月二十四日
地點：在媒體的報導與馮小剛的官方網站上

曾經隨著馮導在大陸各地路演的《芳華》，已在各地掀起一片《芳華》的熱潮，大學校園裡的學生與所有愛好文藝電影的族群，正熱烈的討論這部堪稱馮導近年來最成功的電影作品時，一大桶冷水潑向了正在期待觀賞《芳華》的觀眾炙熱的心上，原本排定在九月三十日大陸國慶檔上映的電影《芳華》被撤擋了，並且無限期延演！當時馮小剛的微網上寫道：「經與電影局及有關各方協商。《芳華》擬同意接受各方提出的更改放映檔期的建議，具體新的上映檔期擇日發佈！為此也給院線、觀眾帶來的不便表示歉意！」延演的消息散開來，各方的臆測與謠言滿天飛，有的說是馮導為了沖高票房，而故作不實的宣示。其實上映的預售票都已大量賣出，突然喊停，讓觀眾退票對觀眾的公信力和片方是極大的損失，這豈是馮小剛故布疑陣？對此，馮小剛在「上海影城」哽咽著公開向觀眾鞠一大躬道歉，同時也感謝一路以來支持《芳華》的觀眾！那天距離芳華公映的還有五天！他說「我必須誠實地告訴大家我的心情是有些悲壯的！」（採自九月二十四日馮小剛的官網）。對於一個電影藝術家經過籌拍到後製作，嘔心瀝血的拍完電影，在電影劇本必須經過嚴格審查的國家，竟然不能如期上映，真的是匪夷所思？經海內外媒體多方瞭解，主要是審查方面的問題，巧的是電影正好趕到十月大陸國慶檔期，又是中共十九大的召開，怕觸及到政治的敏感神經。尤其片中以一九七九年中越戰爭為題材，還有越戰退伍軍人受到最受人詬病的城管欺壓，而發出的怒吼，這種種都是受到撤檔的主要原因。儘管如此，這僅是接受更改檔期的建議，具體新的上映檔期擇日發佈，算是給支持的觀眾一線希望！

第三時間：十一月三日
地點：洛杉磯加州大學所屬的「比利懷德劇院 Billy Wilder Theater」

《芳華》正式在海外上映僅一場，那是在有二〇一七年九月八日入圍加拿大多倫多國際電影節的特別展映單元上。而撤檔之後，等待檔期擇日發佈的我，突然收到一份微信邀請，我任教於洛杉磯加州大學（UCLA）孔子學院中文教師培訓講座的協調老師馬小潔邀請我參加十一月三日在我母校的比利懷德劇院（Billy Wilder）舉辦的一場《向馮小剛致敬 A Tribute to Feng Xiaogang》的電影放映會，首映電影《芳華》。導演馮小剛與嚴歌苓將連袂登台與學界人士座談。這冥冥是上天要送給我這個天生影迷最大的禮物嗎？

剛從台灣參加婚禮回來的第二天就風塵僕僕的參加了「第十六屆中美電影節」，並上台擔任頒獎嘉賓，在還沒有恢復疲憊的身心就馬上參加《芳華》的首映會；那時刻，充滿著夯奮的心情與充足的活力，也就不顧自己疲憊的身軀和時差的問題，從洛城東區一路開往西區的Westwood。一到劇場門口的Will Call窗口取票時，已是大排長龍，原來除了我有預定的保留票外，還有大批聞風而至的觀眾，正在排隊等待有人放棄保留票後，就可以遞補上去購票。在人群中，突然馮小剛走過來，蜂擁而至的追星族立即拉著他照相。第一次遇見他，直接感覺出他十分地平易近人，和他平日一副老炮厚黑的嘴臉很不一樣，其實他很白皙，面相斯文，穿著簡單輕便，令人印象十分深刻！

與前來的觀眾魚貫進入劇場坐定後，巧遇我在南加大（USC）的同事 Stanley Rosen 教授，他是政治系的終身教授，和我一樣都是不務正業的喜歡上電影，尤其對中國電影的收藏與研究，和我幾乎一樣；他對馮導的研究，也是從他早期的電影開始，《芳華》是馮導第十七部電影，也是他急著要看的作品。據說這是馮導從影以來拍的最好的一部電影，尤其在大陸被撤檔之後，大家都渴望能看到的電影。在主持人簡短的開場白後，還特別叮嚀請在場的觀眾們自重，不要錄製視頻，以免影響觀眾的觀賞品質，也會對馮小剛導演造成負面的影響。

千盼萬盼，電影終於開始了！首先映入眼簾的第一幕是文革後期的一座文工團的大院，在劇中人蕭穗子（鍾楚曦飾）的旁白下，穿著解放軍服的男主角〈活雷鋒〉劉峰從外地領來了一位新團員何小萍，正式拉開了整個電影的序幕，隨著一幕幕劇情的起承轉合下，緊扣著觀眾的心緒，最後到了到片尾……鏡頭慢慢地拉進一張雙人椅，椅上依偎著一對曾經惺惺相惜過，之後飽經炮火洗禮、歷盡滄桑的男女——何小萍和劉峰。這兩個「芳華已逝」的男女，心中似乎有著千言萬語要訴說，而那種欲言又止的情景，是電影中最感人肺腑的一幕。

《芳華》電影劇本源自於著名女作家嚴歌苓的小說，主要在談七〇、八〇、九〇年代的社會在巨大變遷下，一個「文工團」裡一群年輕人的青春歲月。導演馮小剛在開拍前就親自挑選每個人物角色，除黃軒為職業演員外，全都由新人擔綱，為了達到寫實的效果，演員都以素顏面貌出演。他善於運用燈光和獨特的攝影技巧、將色彩美學和動人心弦的配樂來營造每個時代變遷的氣氛。為了營造這些年輕人在越南反擊戰爭中，經歷殘酷無情的洗禮而改變了一生的命運，他運用長鏡頭一鏡到底地拍了一段六分鐘足以反映當時戰爭殘酷的逼真畫面，十分震撼！因為這場戰爭而改變了幾個年輕人的命運！他細膩地描繪了人與人之間的愛與真、善與惡。他說，片中描述的年輕人可喻為「時代變遷的犧牲者」，或是「擁有豐富時代變遷經驗的見證者」。

最值得喝彩的是，片中的演員大都非職業演員，都是馮小剛千挑萬選後，再給予長期的培訓。譬如片中表演的舞蹈與音樂，不論技巧或架勢都符合那個時代的背景，很令人驚歎！電影中的每個角色也都很鮮活，似乎每個演員都好像在演自己一樣，而且導演在教導演員的時候，要求他們把自己化身在劇情中，因此演員苗苗（何曉萍飾）曾說，她到現在還脫離不了劇中的角色。「當表演藝術到這個程度，已到了巔峰的地步！」

電影快結束時，我幾已熱淚盈眶，所幸片尾出現了一首輕柔動人的歌曲《絨花》配合冉冉升起的演職人員字幕，讓觀眾在幽幽暗暗中，有個緩衝的時間拭淚。接著電影結束後，導演馮小剛與編劇嚴歌苓在舞台上接受ＵＣＬＡ兩位教授的訪談，並且和觀眾有場Ｑ＆Ａ的互動。當我望著舞台上兩位和我有同樣《芳華》年代的文藝工作者，再回顧到剛才電影中活生生的人物，我猛然想到，那不就是演著我們這一代人的芳華嗎？在這裡，我遇見了我那已逝去的芳華，對於他們當時所遭受的種種際遇，對我這個來自台灣的中國人，雖也生活在那個芳華的年代，卻不曾生長在那個燃燒歲月的空間，但，對於他們的跳躍的青春、他們含蓄壓抑的愛情、他們在戰火中，身心靈所遭受的創傷、以及在時代變革中所受到的剝削與欺淩，我都能感同深受！正如電影裡他們第一次聽到鄧麗君的歌曲時，立即反映出年輕人那種積壓已久的情愫，與對愛情的憧憬與渴望，不也是基於我們都是同文同種的同胞，有著同樣的感受嗎？

後記

二〇一七年十二月時五日，《芳華》正式公開在中國大陸和美國同步上映，並且有了不俗的票房成績。至二〇一八年一月三日元旦假期後以超過一百二十七億人民幣的總票房成績，成功的挺進華語電影票房。由於觀眾的口碑，更締造了文藝片最高的票房記錄！

電影《人生大事》觀影記

每個週二是我的「電影日」，在位於蒙市蒙特利公園（Monterey Park）的時代廣場（Time Square）內的AMC連鎖電影院的週二的會員優惠票價僅五美元，於是乎每週二就成了我個人獨有的「電影日」。

今晚我選擇了在中國大陸上半年上演的五部最值得看的電影中的第二名《人生大事》作為我今晚的主題電影。這場電影的放映時間是晚上七點十分。電影片長有一百一十二分鐘。電影看完後內心百感交集！

這真是部難得會以人生大事——生老病死中的「死」作為電影題材的電影，透過一個小女孩的眼睛來看活生生的成年人的世界！我個人以前曾看過台灣拍過的《父後七日》、日本人拍過的電影《送行者：禮儀師的樂章》都毫不忌諱以「死」作為題材。這也著實拍得令人感動甚至落淚！而這部大陸最近拍攝的電影《人生大事》也真把人生中的死，以輕喜劇的方式，透過一個天真無邪的小女孩，從她早晨醒來開始，發覺從小與她相依為命的外婆始終醒不過來，還以為外婆還在沉睡中。加上一個玩世不恭、浪蕩江湖且有不良紀錄的殯葬從業人員，前來將外婆抬到太平間的一系列畫面。然後再接著她成為孤苦無依的孤兒，住進了葬儀社的狹小辦公室裡，從諸多的不適應與多重言語衝突，最後終於培養出父女般的情感。這過程中，在夾雜著湖北鄉音的對話，讓你看得笑中有淚、淚中有笑地來親身體驗這件人生的大事。

《人生大事》（Lighting Up The Stars）是一部二〇二二年六月在中國大陸上映的劇情電影。影片由劉江江執導，韓延監製。演員包括朱一龍、楊恩又、王戈、劉陸、羅京民、李春嫒、吳倩等共同演出。這是一部完全在湖北武漢拍攝，對白十分鄉土味，故事題材特殊，演技精湛，感人肺腑的好電影。故事描述一個小女孩武小文，她的外婆在睡夢中去世。男主角莫三妹是一名殯葬業的從業人員，他為武小文的外婆辦理出殯時，武小文誤以爲他把外婆藏起来了，所以對他纏住不放。電影的最後結局是母女的團圓，又融入男主角朱一龍的生活空間裡，令人皆大歡喜！演員無論是主角或配角，他們精湛的演技非常寫實，故事情節的感人，令人拍案叫絕！尤其是男主角朱一龍那副玩世不恭的放蕩形象，童星楊恩又完全投入劇情的天真又自然的演技，再加上幾位饒富人情味的配角的忘情演出，實令人發自內心的感動！這是一部今年年中出品的電影，十分適合全家大小一起觀賞的家庭好電影。

漫談張藝謀的電影《長城》

期盼已久的張藝謀導演的電影《長城》，即將在二月十七日正式上演（編按時為二〇一七年），由於該影片在大陸上演時罵聲不斷，貶多於譽。在這種情況下，一股好奇心及支持中國電影能在美國主流院線與其他電影分庭抗禮的心理驅動下，我反倒要去看個究竟，到底電影爛在哪裡？

正忙完開學後兩週的一陣慌亂，就開始計畫電影上演時能搶個頭香去看第一場！然而，兩天前接到中美電影節的老夥伴 Linny 的邀請，讓我以電影節籌委會委員的VIP身份，參加了位於 Century City 的AMC電影院的首映典禮，會場同時也展示了《長城》電影裡的好萊塢設計師 Mayes Crubeo 設計的片中主要人物穿戴的戰袍。當晚被邀參加的來賓，大都是與電影有關的人士或者是南加的僑領，使整個首映典禮的氣氛十足像個好萊塢式的銀色酒會！

酒會結束，立刻進入AMC的第十四放映廳，這是一間有著豪華舒適座位的影院，可以按人體工學將座位調控到最佳視角，再配合 IMAX+Dolby 視覺音效的享受空間，讓一位享譽中外的中國導演張藝謀在中美合作下耗資一億五千萬美元的大製作電影，首度在美國風光上演！

在電影院的音效設備配合下，張藝謀導演發揮了他過去曾經拍過的商業大片《英雄》、《十面埋伏》、《滿城盡帶黃金甲》和二〇〇八年北京奧運會開幕式的緊湊魅力與擅長的視覺創意，將中國元素融入這部可以讓西方人不致看得一頭霧水，且可以目瞪口呆並在緊張刺激的氣氛下看完這部娛樂效果十足、沒有一點冷場的古裝魔幻冒險大片！這部電影戰爭場面浩大，戰爭的對象，從人類一貫的自相殘殺，變成對抗中國古代傳說中生性最愛吃的怪獸——饕餮；傳說中的「饕餮」是龍的第五個兒子，是一種貪食成性的兇猛怪獸，「饕餮」的形狀可以常在古代商周時期的青銅器上見到！而在《長城》片中卻成了北宋時代，駐守長城邊關軍士的主要防禦敵

作者於張藝謀電影《長城》首映會上。

手，這些兇猛殘暴的怪獸，在每六十年後，排山倒海的攻擊長城內的守軍，而守軍也為了自己和百姓的生存，防禦饕餮怪獸的侵襲，設計了不少機關、武器，再加上北宋期間開始使用為喜慶用的鞭炮材料，來作為對抗敵獸的精銳武器！

電影一開始就闖入了兩位來自歐洲、經絲路來到中國的武士，本為來盜取中國的黑粉（火藥），卻陰錯陽差的成為與宋朝的守軍英勇並肩對抗神出鬼沒的敵獸之主將！這也就是促成這部中美合拍電影揉入西方元素的要因！

張藝謀拍商業電影，的確是有他驚人的創意與噱頭，花樣推陳出新，場面熱鬧非凡，大大刺激了觀眾的感官享受，如果看官們只想看他以前拍過的藝術電影，如《紅高粱》、《菊豆》、《活著》等，那就請看官繞道而行！如果您對類似《魔獸世界》、《魔戒》、《木乃伊》等那樣的電影欣賞的話，《長城》絕對可以滿足您基本的視覺享受！

在卡司上，好萊塢一線巨星麥特戴蒙（Matt Damon）飾演神箭手，是當然的男主角，他的神箭功夫令人咋舌，還有佩特羅 巴斯卡（Pedero Pascal）飾演的西班牙硬漢、以及好萊塢硬裡子演員威廉達福（William Dafoe）飾演的暗伏於長城的神秘人。中方則推出巨星劉德華、影帝張涵予都是一時之選，片中唯一的女一號，就是飾演女統帥的電影公司力捧的明星景甜，如果妝不要化得太像個陪襯的花瓶，再加上多點演技專業的磨練，那就更能貼切戰爭中真實自然領導卓越的林梅將軍！她在張涵予飾演的守城統帥被襲陣亡後，立刻繼承領導的職位，個人覺得幕後有刻意力捧她的嫌疑！

劇中幾個演英勇將領與戰士的小鮮肉們，如林更新、彭于晏、鹿晗、王俊凱等，雖戲份少，畫面中曇花一現，似乎有在帶動新人走向國際，也迎合了時下年輕觀眾追星的需求。

看完了電影，不覺得有浪費我時間的怨言，即使照原計畫自己買票去看也不會覺得浪費！實話實說，中國導演能駕馭這樣大場面、拍到這樣大製作的電影，其成就與歐美大導演相較下也不遑多讓了！尤其整個畫面出現了令人亮眼的中國大西北的美景、長城的綿延遼闊、宮廷場面的豪華，很多令人驚嘆的場景連番迎面撞來，叫人驚艷不已；如出現饕餮圍攻北宋汴京城的大場面、樓閣中閃爍的光影，看得出來是電腦3D、4D特效的成果，卻是細膩如真，與近年來好萊塢電影中一些和古文明有關的場景幾乎是如出一轍！這樣的電影已是一種潮流，看看電影娛樂一下自己，也是一種很棒的休閒享受！

李安電影《臥虎藏龍》首次獲頒奧斯卡金像獎的反思

二〇〇一年三月二十五日晚，四個來自不同地區的中國人，一一登上了第七十三屆奧斯卡金像獎的亮麗舞台，高舉著四尊電影史上最高榮譽的小金人，在全世界數億觀眾的注目下，各自高高舉起閃爍著光芒的奧斯卡金像獎，向世界宣布得獎的消息。一時之間，來自兩岸三地以及僑居海外的華人們，心裡卻有著五味雜陳、百感交集的感觸。照理說，這項史無前例的榮耀，是值得所有海內外華人額手稱慶的至高榮耀，因為一向閉關自守的好萊塢電影王國，向來獨尊英語電影，其所有獎項均為自己人而設，唯一能頒給外國人的唯有所謂的最佳外語電影。

這一夜，四個黑眼睛、黑頭髮、黃皮膚的中國人，不僅榮獲最佳外語電影，還包括了最佳攝影、最佳藝術指導、最佳配樂等額外的三大獎項！能不說那一夜，臥了一個世紀的中國虎，真的在全世界觀眾的矚目下，大顯龍騰虎躍的身手，一舉手一投足地，令世人瞠目結舌的喊出「哇塞！中國人站起來了！」

還記得那一夜，全體中國人都應記取那份驕傲與歡騰。因為他們親眼見證到，在奧斯卡金像獎頒獎台上，站了李安、鮑德熹、葉錦添和譚盾，他們是兩岸三地菁英的超級組合，而且獨一無二。試想人才濟濟的兩岸三地，導演、劇本、攝影與藝術指導，加上登峰造極的武術指導、史詩般的配樂，以及中國人豐富、深奧的文化底蘊，還有山川壯麗的湖光山色，構成了這部足以征服世界觀眾，廣受歡迎的世界級電影。

如果我們走進時光隧道，回到六、七〇年代，那時鐵幕緊閉，文化大革命正如火如荼的進行著，八大戲成了中國大陸唯一的娛樂劇目。而港台電影也只能在有限的空間閉門拍攝，自設影城、自行搭景，很難以實景拍攝！當時的港台電影似乎僅能在文藝愛情、功夫武打、愛國教育、無厘頭喜劇片中打轉！總缺少些了放眼天下的大格局！縱使有像胡金銓這樣有國際知名度的大導演，但由於空間的侷限，也只能就地取景，形成了不是在台灣橫貫公路上，拍中國大陸的名山，就是在幾條溪邊上，拍攝中國的大澤！為了雪景與楓葉，還必須遠赴韓國出外景！因此在電影的格局與氣勢上，很難拍出像《臥虎藏龍》裡，那樣貼切的真實景象與恢宏的氣勢！

八、九〇年代，中國大陸逐漸走向改革開放的大道！儘管還有些緊繃，但是兩岸三地的電影藝術工作者，還是跨出了政治的藩籬，在文化與藝術的交流上，有了極大的突破！例如擅長清宮劇的李翰祥導演，就在北京故宮，實地拍攝完成了他傳世不朽的巨作《火燒圓明園》與《垂簾聽政》！而香港與大陸合拍的《少林寺》不僅締造了超高的票房紀錄，更捧紅了當今炙手可熱的國際級巨星李連杰！不久後，台灣的製片與雄厚的資金，香港先進的技術與專業人才，大陸上演技紮實的演員，加上豐富的人力與自然資源，構成了未來進軍國際影壇的原動力！奠立了今天《臥虎藏龍》足以揚威世界的根基！例如台灣電影製片人徐楓、大陸第五代導演陳凱歌所執導的經典作品《霸王別姬》，就曾經登上奧斯卡金像獎的提名榜。

那一夜，總算在掌聲中落下帷幕。第二天，太陽再度升起，太平洋彼岸的酸葡萄開始發酵！起初有曾獲奧斯卡金像獎提名的導演扔下一句話！他認為《臥虎藏龍》不是一部真正中國人的電影，他拒絕評論。天啊！李安在同一天的報紙上還直說他是中國人導演。難道原著作者王度盧三十年代就風行的小說《臥虎藏龍》就不能代表中國小說嗎？從導演到管茶水的場務人員，他可曾見到一個外國人的影子嗎？是不是來自港台的中國人就不能代表真正的中國人嗎？那今天中國大陸口口聲聲說台灣是中國的一部分，卻不認為台灣人是中國人，這樣口氣的沙文主義者，如何來談統一呢？

有些觀眾認為這部電影打得很普通，比這部電影打得更精彩的多得是。不錯！這類的人還值得同情！因為每個人的欣賞水平不一樣，有人喜歡純娛樂，看完就拋諸腦後，但李安的電影不是這樣的訴求。他希望除了武打之外，還要有內涵！那就是博大精深的中國文化底蘊！他今天以戲劇的方式，透過豐富的戲劇張力，讓全世界的觀眾完全的接受他。您可知道國外的觀眾，在電影院中看到興奮處，高興的幾度站起來鼓掌。電影劇終時，還坐在座位上捨不得離開。

當我們關起門來，孤芳自賞自己文化多麼悠久、多麼優越！那僅是一種自戀。我們要把她

導演李安以《臥虎藏龍》拿下四座奧斯卡金像獎。

放在世界的陽光下，讓世人來欣賞她的優美，並且肯定她！殊不知，《龍騰虎躍》後的《臥虎藏龍》已經在美國蔚成一股學習中國語文與文化的風氣！今天李安與他的團隊，已經做到這樣的境界！我們何必要如此苛責他呢？多給這樣的中國人多一些掌聲吧！

那一夜，當頒獎人茱麗葉畢諾琪報出代表台灣角逐奧斯卡最佳外語片的《臥虎藏龍》獲獎時，李安在致謝中，第一個感謝的是製片人徐立功，接著是他在台灣的父母與家人，以及在香港、中國大陸幫助過他的友人！這樣的致謝詞，讓人感受出他濃郁的情義。

那一刻，所有來自台灣的中國人（包括我），理應感受到這些年來很少聽到在全世界矚目的活動中提到「台灣」一詞！霎時間一股暖流緩緩湧進心中。然而，有心人卻開始做了誤導的解讀，認為《臥虎藏龍》代表的台灣，是他們心目中狹隘的台灣！但是，當發覺李安的父母是來自中國大陸的外省籍，又公開說他是「中國人的導演」後，他們是否願意

作者與《臥虎藏龍》、《葉問3》武術導演袁和平合影。

分享這份中國人的榮耀？

這十幾年來，一向自詡為中華民國的中國人，由於省籍情結受到有心人士的嚴重挑撥與扭曲，造成族群的對立。有不少人已逐漸把中國當成了外國，而自稱為台灣人！如果台灣人的定義只是地域觀念的名稱，那也就和說我是上海人、廈門人一樣，還是百分之百的中國人。

但是，有些人硬把台灣人民族化、國家化，甚至全盤否定中國，寧可崇洋媚外，便是一種不可原諒的政治陰謀。「中國」一詞是絕對屬於歷史、文化與民族中國，兩岸三地的同胞都是炎黃子孫，這是無法抹煞的事實。李安的電影所蘊涵的都是原汁原味的中國文化電影。《推手》、《喜宴》、《飲食男女》到《臥虎藏龍》都是蘊涵濃厚的中國的歷史文化，李安一開始就認為自己是中國人。如果海峽兩岸都無法被接受，那就證明兩岸人民都已病得無可救藥了。

國家圖書館出版品預行編目 (CIP) 資料
尋找記憶中的故事 / 廖茂俊著 . -- 臺北市 :
有故事股份有限公司 , 民 112.03
面 ; 公分
ISBN 978-626-95798-6-0(平裝)
863.55 112000479

《尋找記憶中的故事》

作者／廖茂俊
出版／有故事股份有限公司
發行人／邱文通
主編／郭韋伶
封面題字／魯安
美術設計／林雪紛
校對／林姮聿、郭韋伶
地址／110408 台北市信義區基隆路一段一七八號十二樓
電話／(02) 2765-2000
傳真／(02) 2756-8879
印刷／鴻霖印刷傳媒股份有限公司
總經銷／大和書報圖書股份有限公司
地址／242 新北市新莊區五工五路二號
出版日期／中華民國一一二年三月
定價／新台幣三六〇元